人生
断舍离

何权峰 著

青岛出版社

图书在版编目(CIP)数据

人生断舍离/何权峰著.—青岛:青岛出版社,2021.4
ISBN 978-7-5552-6268-8

Ⅰ.①人… Ⅱ.①何… Ⅲ.①散文集－中国－当代 Ⅳ.①I267

中国版本图书馆CIP数据核字（2020）第242130号

本书中文简体字版经北京时代墨客文化传媒有限公司代理，由作者授权在中国大陆出版、发行

山东省版权局著作权合同登记号图字：15-2020-352

| | |
|---|---|
| 书　　名 | 人生断舍离 |
| 作　　者 | 何权峰 |
| 出版发行 | 青岛出版社 |
| 社　　址 | 青岛市海尔路182号（266061） |
| 本社网址 | http://www.qdpub.com |
| 邮购电话 | 0532-68068091 |
| 出版统筹 | 贺　林 |
| 责任编辑 | 李文峰 |
| 特约编辑 | 郑丽丽 |
| 装帧设计 | 书心瞬意 |
| 照　　排 | 昭　军 |
| 印　　刷 | 德富泰（唐山）印务有限公司 |
| 出版日期 | 2021年4月第2版　2022年11月第4次印刷 |
| 开　　本 | 32开（880mm×1230mm） |
| 印　　张 | 7.5 |
| 字　　数 | 110千 |
| 书　　号 | ISBN 978-7-5552-6268-8 |
| 定　　价 | 30.00元 |

编校印装质量、盗版监督服务电话　4006532017　0532-68068050
建议陈列类别：心理励志

## 序 言
### 不要陷在执着的观念上

很多人一直活得不快乐，如果你深入探究就会发现，这跟他们执着于某些观念有很大的关系。这些观念往往是他们从小到现在，人人都视为理所当然的，也正因如此，大家很容易陷在其中。

比方说，人们追求快乐，许多人认为自己如果能够拥有更多的钱、更豪华的房子、更有人性的老板、更体贴的伴侣、更听话的小孩……就会更快乐。但这些"快乐观念"，也正是令我们陷在不快乐里的原因，不是吗？

对完美生活认识的迷失，就是人很难快乐的原因。然而有许多观念都已根深蒂固，以致很少有人会去质疑，或者静下来想想这些是否就是造成自己不快乐的根本原因。

沮丧的人说："我就是没钱，所以才愁眉苦脸。"但是有些人比你还没钱，为什么人家也没有愁眉苦脸？

烦恼的人说："没工作我会饿死，所以我才烦恼。"但烦恼是能让你变有钱，还是烦恼可以让你找到工作？

愤恨不平的人说："他让我受苦，我绝不会让他好过。"但是让他难过，你就会好过吗？

失去所爱的人说："没有了他，叫我怎么活？"可是在没有他之前,你不也活得好好的?

诸事不顺的人说:"为什么上天老跟我作对?"然而你又怎么知道,上天不会有更好的安排?

愁眉不展的人说:"我工作不顺,还有一堆事情没完成,所以不快乐。"然而是谁规定说工作不顺,或事情没完成,就不能快乐?

这些问题你想过吗?

我们总期待人生能顺心如意,结果却往往事与愿违,为什么?因为如果我们凡事都想顺心,又怎么可能事事如意?

其实,我们都陷在执着的观念上。

书本箴言

觉醒，学会生活

- 幸福，不是没有缺憾；有缺憾，也会有别人没有的幸福。
- 快乐，就是放下"你执着地认为能使你快乐的东西"。
- 别再忙着去追求了，你没发现吗，就是因为你太在乎追求，反而让你意识不到自己早已拥有的一切。
- 你不可能错过什么，因为错过的都是不属于你的。
- 失去某人，你为什么放不下？因为你原本是没有一些特质的，而离开你的人却拥有这些特质，所以你的内心就会永远也放不下那个人。
- 你最受不了别人的地方，很可能也正是别人最受不了你的地方。
- 人不想有任何烦恼，却没有想到，自己本身恰恰就是所有烦恼的根源。
- 快乐与不快乐事实上是同一件事，只是人们常受时间造成的假象的迷惑，才会以为它们是分开的。
- 我们不该总是想怎么去满足自己，而应该想想为什么自己会有那么多不满。
- 有时候，不是对方不在乎你，而是你把对方看得太重，以致压垮了彼此。

- 如果你发现有人批评你，在你生气前，先要问，自己是不是也会这样批评自己？
- 你有你的缺点，他有他的缺点，双方都不完美，但你们的关系却可以是圆满的。就像月虽有圆缺，但是你不会说月亮是不圆满的，对吗？
- 如果你还爱对方，何不放他自由？而如果你不爱他，为什么不放自己自由？
- 世界上有千百万种烦恼，解决的方法只有一种，那就是觉醒。
- 使我们生命圆满的途径，不是避开崎岖起伏，而是走过崎岖起伏。
- 抓不到兔子，我们还有温暖的阳光与幽香的树叶；钓不到鱼，我们还有河岸风景与草上发亮的露珠，何必限定自己只有抓到兔子或钓到鱼才能快乐？
- 得失之间，全以你的视野而定：如果你注意的是失去，你就只有失去；如果你看见的是得到，你就真能得到。
- 人生最糟的事不是死亡，而是错过人生。当你学会如何面对死亡，你就学会了如何生活。

# 目录

序　言　不要陷在执着的观念上　　　　　　I
书本箴言　觉醒，学会生活　　　　　　　　III

幸福，不是没有缺憾　　　　　　　　　　001
有缺憾，也会有别人没有的幸福　　　　　004
你无法解决"不是你的"问题　　　　　　008
你又在管谁的事？　　　　　　　　　　　011
幸好，天不从人愿　　　　　　　　　　　015
人算不如天算　　　　　　　　　　　　　018
回到以前一样　　　　　　　　　　　　　021
庆祝我们曾有过的美好回忆　　　　　　　024
你所找寻的爱，正是你失去的爱　　　　　028
你不但没有失去，反而找到自己　　　　　030
别当"快乐植物人"　　　　　　　　　　034
欢喜心，不烦"脑"　　　　　　　　　　037
快乐的人，就是安于自己位置的人　　　　041
你还在跟别人比较吗？　　　　　　　　　044
那才是你　　　　　　　　　　　　　　　047
做自己，好自在　　　　　　　　　　　　050
你在哪里遗失了快乐？　　　　　　　　　053
不要再追尾巴，而是去摇它　　　　　　　057
最用心感受的人最享受　　　　　　　　　060

# 目录

| | |
|---|---|
| 一定要享受过程 | 063 |
| 需要的是水，而不是杯子 | 067 |
| 欲望就像小孩 | 070 |
| "富有"其实不难 | 074 |
| 一直盯着看，就不美了！ | 077 |
| 什么都没有，真好！ | 080 |
| 得其实是失，没有就是有 | 083 |
| 什么都有，所以才不快乐 | 086 |
| 拥有愈多，感觉愈少 | 089 |
| 只有感受到的，才是拥有的 | 092 |
| 感觉自己在飞，其实是在下坠 | 096 |
| 没发现，所以需要上天提醒 | 099 |
| 你的快乐有哪些"禁忌"？ | 101 |
| 快乐，就是放下你执着地认为能使你快乐的东西 | 104 |
| 吃饱了，为什么还觉得饿？ | 107 |
| 对象没变，是好恶改变 | 110 |
| 你想做，还是不得不去做？ | 113 |
| 好环境，不如好心境 | 117 |
| 你把心情遥控器交给谁？ | 121 |
| 你受不了的人，也受不了你 | 124 |
| 谁该为"理想破灭"负最大责任？ | 128 |
| 别在老鼠身上挤奶喝 | 131 |

# 目录

| | |
|---|---|
| 真正带给你痛苦的人 | 133 |
| 发现你所不知道的自己 | 136 |
| 所有怀疑的起因就是怀疑自己 | 139 |
| 不圆满本身就是一种圆满 | 142 |
| 从"评论家"变成"艺术家" | 145 |
| 是谁在干扰谁? | 148 |
| 让别人难过,自己就不好过 | 152 |
| 我有故事,但我非故事 | 155 |
| 不是路到尽头,而是该转弯 | 158 |
| 抗拒离开鱼缸的鱼 | 160 |
| 安于不知道 | 164 |
| 假如当初 | 167 |
| 你永远料不到事情会怎样发展 | 172 |
| 无论是什么东西结束了,它也是个开始 | 175 |
| 还好,感情会变 | 178 |
| 无常未必不好 | 181 |
| 大不了也只是"回到原点" | 184 |
| 每个人都有自己的烦恼 | 186 |
| 我们无法控制我们无法控制的事 | 189 |
| 让"人生"帮你驾驶吧! | 193 |
| 这也将会改变! | 195 |
| 一切只会变得更好 | 198 |

## 目录

| | |
|---|---|
| 金币在哪里？ | 202 |
| 从此不再烦忧 | 205 |
| 这不是白忙一场吗？ | 208 |
| 上天从未希望带给人痛苦 | 213 |
| 人生是来体验的 | 217 |
| 如果生命只剩一年，你会怎么活？ | 220 |
| 把生命缩小为眼前这一刻 | 224 |

## 幸福，不是没有缺憾

——你所欠缺的，也许是别人拥有的；而你的幸福，也可能是别人所缺憾的。

没有一个人的生命是完美无缺的，每个人的一生中多少都会有一些缺憾。有人才貌双全，却情路坎坷；有人夫妻恩爱，却不孕不育；有人家大业大，却子孙不孝；有人看似幸福圆满，却有着不为人知的不幸。

每个人的生命里都有必须面对的课题，至于为什么有些人是天生贫苦的，另一些却是天生富贵的，这就是"生命课题"之所在——自己资金短缺才能体会贫穷困窘，因而羡慕他人。殊不知一个拥有财富的人，可能正羡慕他人拥有幸福和乐的家庭生活；而一家幸福和乐的人，也可能正遗憾家人为疾病所累——这即是每个人的"生命课题"。

欧洲有一位著名的女高音歌唱家，才三十多岁就已经红得发紫，誉满全球，而且婚姻美满，家庭幸福。一次她到邻国开独唱音乐会，入场券早在一年以前就被抢购一空，当晚的演出也受到观众极为热烈的欢迎。演出结束之后，歌唱家和丈夫、儿子从剧场走出来的时候,一下子被早已等在那里的观众团团围住。人们七嘴八舌地与歌唱家攀谈着,其中不乏对她的赞美和羡慕之词。

有的人恭维歌唱家在大学刚毕业就进入了国家级的歌剧院担任主唱,有的人恭维歌唱家嫁给了富有又体贴的好丈夫,而且还生了个文静乖巧又可爱的男孩……

在人们对她赞叹的时候,歌唱家只是笑笑,并没有表示什么,等大家把话说完后,才缓缓地说:"我首先要谢谢你们对我和我的家人的赞赏。但是,你们看到的只是单方面,还有另外的一面你们并没有看到。那就是被你们夸奖文静乖巧又可爱的这个男孩,其实是一个哑巴,而且,他还有一个姐姐,是个需要长年被关在有铁窗房间里的精神分裂症患者。"

歌唱家的一席话让大家震惊得说不出话来。大家你看看我,我

看看你,似乎是很难接受这样的事实。这时,歌唱家又心平气和地对大家说:"这一切说明什么呢?恐怕只能说明一个道理,那就是生活给谁都不会太多。"

她说得对,生活给谁都不会太多。生活不会让某个生命完美无缺,它不把苦难都消除,它不会让我们有求必应,这也就是我们到人间这所学校来学习的目的。

生命并没有好坏之分,只是课题不同。一个有钱又拥有爱情的人,其"生命课题"可能在于健康不佳或为子女操劳;一个身体健康又子女孝顺的人,则可能在金钱或工作上不顺心如意。

你所欠缺的,也许是别人拥有的;而你的幸福,也可能是别人所缺憾的。所以,不必羡慕别人,既然缺憾是你生命的一部分,何不坦然去接受。月有阴晴圆缺,但月亮仍是美的。多珍视自己目前拥有的,从残缺中体会另一种心灵的美,不完美也能转化成另一种美。

> 生命之所以让人成长,是因为它的不完美,如果什么都是完美的,人还需要成长吗?成长只有在不完美存在的时候,才有可能。
>
> 你的生命是不完美的,所以你可以不断成长。接受这个不完美,在这个不完美中创造完美,这便是生命的真谛,也是生命的美。
>
> 生命的不完美是很完美的。

## 有缺憾，也会有别人没有的幸福

——我们总看到别人拥有的，其实你也有很多别人没有的优势呀！

人什么时候会有满足感？满足感多半来自比较，当我们拿过去跟现在比，或是拿自己跟别人比，如果发现自己"比较好"就会觉得满足。

比方说，你今年的年终奖金比去年多十万元，你就会觉得满足，但是当你得知有很多同事比你多十万元，先前的满足感也就会荡然无存了。"为什么他们比我多？我哪一点比不上他们？真是没天理！"——这时不满就会产生。

当然，除了钱，我们还会作其他比较。例如，谁比较有才干，谁比较漂亮，谁比较成功。不单跟同事，我们也会拿自己跟同学，跟兄弟姐妹，跟亲戚朋友，甚至跟邻居比。

人在相互比较时，就会产生羡慕和嫉妒心理。这种心理就是羡慕别人拥有，而又痛恨自己没有的心理状态。羡慕和嫉妒其实是一对的，它们会生出一堆名为抱怨和不满的孩子。

有个家庭主妇总是一开口就是抱怨，某天她和丈夫谈起邻居——一个单身、时髦的小姐。"

"我听说那位小姐是个公司主管,看起来很能干。"太太抱怨说,"哪像我只是个家庭主妇!我真羡慕她!"

丈夫回答:"其实当家庭主妇也不错啊!"

太太又说:"那个小姐每天都穿着漂亮的套装,而我却连件像样的衣服都没有!"

丈夫回答:"她时常应酬到半夜,听说身体都搞垮了。再说你要套装做什么?又不需要!"

太太觉得不服气:"那她的每个皮包都是名牌的!哪像我,用的都是地摊货。你为什么都不买名牌皮包给我?"

"唉!"丈夫无奈地说道,"那钱是人家辛苦赚来的,要怎么花是她的事。我一个人的收入要养一个家,怎么负担得起?"

太太听到这里,觉得有点儿委屈,红了眼眶。

"你别难过。"丈夫安慰她说,"其实,你有一个顾家的老公,还有两个可爱的孩子,这些都是那个小姐没有的呀!"

太太这才露出微笑。她才意识到,自己本来就是"这个"家的妻子、母亲,而不是"那个"小姐。

在人生的道路上,每个人走的都是不同的路,根本没有谁比不上谁、谁超过谁的问题,因为那是不同的人生。既然不同,又如何能比较呢?羡慕或嫉妒都是没有意义的,因为你不可能变成另一个人,也不可能过他的人生。

我们总看到别人拥有的,其实你也有很多别人没有的优势呀!例如:

你可能有坚固的牙齿,当别人只能吃西瓜时,你却能啃甘蔗；你可能有修长的手指，当别人只能吹口琴时，你却能弹钢琴；你可能有贴心的宠物，当别人拒绝你的时候，它会永远接纳你；你可能有爱你的家人，当别人看扁你时，他们会永远支持你。

朋友寄来一则故事，读后颇让人一哂。有个人常感叹，自己生的两个都是女儿。最近他突然有了转变。

故事是这样的：

> 有一天，当他要出门时，大女儿认真地对他说："爸爸，你出门一定要小心！"
>
> 他回答："好。"
>
> 大女儿又郑重其事地说："爸爸，你出门真的一定要小心！"
>
> 他再次回应了大女儿的提醒。岂料大女儿又说："爸爸，出门一定要小心！"
>
> 他忍不住问："为什么一直叫爸爸要小心呢？"
>
> 大女儿认真地回答："爸爸，你要知道，家里可是有三个女人深爱着你一个男人！"
>
> 他听得舒服极了！当天他出门骑在摩托车上时，都还会忍不住露出满足、甜蜜的微笑。

你虽有缺憾，也会有别人没有的幸福。你享有属于自己的"专属幸福"，它是无可取代，也无法比较的。你又何必一定非得要别人的"那种幸福"呢？

其实，你原本就该满足，只是你一再忘了这点，又开始变得不满。

> 表面上，人是在追求幸福，但其实是在找不幸。
>
> 想想看，如果你不知道满足，那么你又怎么可能对目前的生活满意？
>
> 如果你总是想拥有别人的幸福，那你又怎么可能感受到自己的幸福？
>
> 哲学家蒙田说："一个人只想要快乐，这或许不难做到，可是如果他想比别人快乐，这恐怕就很困难了，因为别人其实没有我们想象中那么快乐。"
>
> 别人家的草比较绿，那是人家辛苦浇水、施肥得来的，这有什么好嫉妒的呢？至少你家不会到处泥泞和闻到讨厌的肥料味，不是吗？

## 你无法解决"不是你的"问题

> ——人之所以会产生无力感,很大的原因在于,我们想去负我们不能负的责。

有时候,你在做某件事之前就知道是错的,但你还是去做了。

走一条明知不该走的路,爱一个明知不该爱的人,发一顿不该发的脾气,介入一件不该介入的事,就像着魔似的,无论周遭的人怎么劝你,你都执迷不悟,这很可能就是"你的"生命课题。而如果某人"屡劝不听",那他正在做的事也可能是"他的"生命课题。

无论他们做了什么,只要不超过道德和法律的底线,这都是每个人在进化中所需要的,所以不要去对其评断或谴责。因为他们所经历的,正是他们所需要的;而你所经历的,也正是你所需要的。

如果他陷入痛苦,也无须太过担忧或操心,因为那个痛苦将带来他的成长。如果那个痛苦将给他一个新生,那你更不该去帮他。有时你所提供的帮助不但会害了对方,也会害了自己。

某个周末的夜晚,一个朋友打电话来向我抱怨另一个朋友:他的婚姻出了问题,而且酒喝得很凶。最近他常来找我,若不陪他喝就说我不够意思，陪了他又把我自己搞得烂醉。现在连我的家人都很不谅解，我觉得很无力……

这位朋友在电话那头滔滔不绝地说着，最后问我道："你不觉得他病了吗？看他很痛苦，你觉得我们该怎么帮他？"

"或许吧！"我回答道，"但我不认为我们帮得上忙。我比较关心的是你，你怎么帮你自己？"

如果有一个人坐在会漏水的船上，你不能上船帮助他，只能在岸上提醒他该怎么把水从船体里舀出来，否则不但会加快沉船，甚至连自己都可能一起遭遇灭顶之灾。

想要解除别人的痛苦，就得承担别人的责任而把自己弄得疲惫不堪，是多年来我的亲身经历。我发现，人之所以会产生无力感，很大的原因在于，我们想去负我们不能负的责，我们想去改变我们无法改变或不想改变的人。

当然，我理解我们很难放下自己所关心的人，甚至时常为他们忧心。或许他们正糟蹋他们自己、你以及你的家人，而这一切就发生在你的眼前。但是，你能怎么样？若你真能改变这些的话，情况早就不一样了，不是吗？

如果有人真正在意你所做的一切，只有当你停止去做，他们才会真正发现它。这是我的体会。只有停电的时候，他们才会发现手电筒不知在哪儿。

在生活周遭，我看到太多的人费太多的神，担太多的心：放不下小孩，放不下先生、太太，放不下年迈的双亲，放不下堕落的朋友。然而人总是要成长的，偏偏是你，给了他们太多呵护，让他们坚强的心一天比一天娇弱。假如你一直提供拐杖，他们又怎么可能站起来。这你想过吗？

为什么要去阻碍他们成长？为什么不让他们学会管好自己，学会为自己负责？

> 如果我们不让他们自己为自己负责，他们就不会负起责任。
>
> 精神导师肯·基瑟说："你的生命若没有界限，别人就会进入你的生活，停留在你不希望停留和他们不应存在的地方。"如果你老介入别人的问题，那么别人的问题就会成为你的问题。
>
> 所以，我们应该学习这么说："你有问题，我关心，我倾听，但我不会也不能代替你做什么。"
>
> 因为，我们无法解决"不是我们的"的问题，对吗？

### 你又在管谁的事?

——人要活得轻松自在,首先就必须先搞清楚这是"谁的事"。

你有没有注意到,在我们生活周遭,有些人日子过得轻松自在,有些人却总是烦恼不断。为什么?如果你进一步了解,就会发现,其实问题不在麻烦的多寡,而是很多人会去"自找麻烦"。

人们的烦恼,绝大部分是管了"不该管"的事。作家拜伦·凯蒂说过,这世界只有三件事:我的事、你的事和老天的事。而我们的问题,就出在爱管"你的事"和"老天的事",却没管好"我的事"。比方说,当我们在想"小颜婚姻不美满,小陆好吃懒做,老李对我很不满意",或是某个人忘恩负义,某个人会怎么想,他为什么不高兴,我们就是在管别人的事,因为这并不是"我"能决定和控制的,对不对?这就是"你的事"。

此外,当我们担心顾虑会不会刮风、下大雨、地震、世界末日,或自己何时会死时,我们就是在管"老天的事"。

人要活得轻松自在,首先就必须先搞清楚这是"谁的事"。

过去我常把自己搞得疲惫不堪,反省时,我发现问题就出在我涉入了太多"你的事"。我晓得部属与同事极私密的个人琐事，我对亲朋好友的事也参与得太多。我不仅熟知他们的私事，还涉入了他们的私人生活。我常给人出主意，又担心别人会有意见，这就是问题所在。

在医院，我常听到许多病人担忧自己的健康，这其实也是没搞清楚"谁的事"。健康除了是自己的事，也是医生的事。平常注意健康是自己的事，但是当生了病，我们去看医生时，我们的健康就是医生的事，只有我们的想法是自己的事。更明白地说，你只需要保持积极乐观的想法，其他事都交给医生！

有一位老先生在发现自己罹患肺腺癌之后，他的态度就是这样——把癌症交给医生，准备把遗体留给大地，并趁着生命最后一段时光，把爱留给世人。

也因为如此，他依旧谈笑风生地四处演讲，做自己想做的事。

不单是生死，生命有太多无法掌控和承受的事，像灾难、意外、伤害，等等，那都不是你、我的事，我们都必须学会放手。

有个记者曾问一位幼子被残虐杀害的母亲是否原谅了杀她儿子的凶手。那位母亲说:"没有,但我已经把这事交付出去了,因为它对我来说太艰巨了。"这就对了!我们往往花太多时间试图去原谅我们无法原谅,或试图去接受我们难以接受的事,其实与其如此,不如放手。

这让我想起另一则故事:

洛杉矶有个女性节目主持人有一次深入贫民区,访问了当地一位有爱心的妇人。

这位妇人孀居了好几年,背负了沉重的生活担子,但却抚养了六名子女,同时还领养了十几名孤儿。

这位节目主持人后来忍不住问道:"你这些年来养育了这么多的孩子,而且个个争气,你究竟是怎么做到的?"

这名妇人回答道:"很简单嘛,我有个很好的老伴。"

"你不是已经……"那位节目主持人瞠目结舌地问。

"对啊,这个好老伴就是'自己的强大信念'嘛!我有一次对'自己的强大信念'说道:'我来工作,其他就让你去担忧吧!'从此以后,我便什么都不想了。"

"我尽全力,其余的就交给'自己的强大信念'。"只要把你该做的事做好就好,其他的就不关你的事了!

如果你充分了解这三种事,并且懂得只管好你自己的事,日子必然会变得轻松自在。下次在你忧愁挂心时,你不妨问问自己:你又在管谁的事?

> 人的烦恼就是来自:忘了自己的事、爱管别人的事、担心老天爷的事。
>
> 从现在起,在你想或做任何事之前,你问自己:那件事到底是"谁"的事?
>
> 把别人的问题还给别人,别把"你的问题"变成"我的问题"。
>
> 记住,烦恼不会自己来找你,除非你自找麻烦。

## 幸好，天不从人愿

——你不可能错过什么，因为错过的都是不属于你的。

每当心愿落空，事与愿违，人们总会怨天尤人。然而，当年岁渐长，我也越能体会到：当天不从人愿的时候，上天往往有更深一层的美意。

前阵子我买了间绿园道旁的房子，原本想选视野好的顶楼，没想到还在考虑时，顶楼已有买主。只好选低楼层，当时还觉得很懊恼。没想到当房子落成交屋后才发现，顶楼不但楼高风大，风景也不如人意；反倒是低楼层，高度恰好可以看到整个园区的树梢，一片树海，绿意迎人。幸好！

也是前阵子的事，有位朋友引荐我到医疗部门服务，因机会难得，又可增添经历，当时我也曾陷入长时间考虑，最后因不符职业、生涯规划而作罢。如今看来也很庆幸，原因是后来他们内部人事变迁，加上政策变化快，工作与当初期待的有很大落差。幸好！

多数人都有一种经验，就是在经历一段不愉快或遗憾的事之后，反而觉得庆幸。"幸好，当时没有买成那间房子。""幸好，当时没被录用。""幸好，当时没有跟那个人结婚。""幸好，当时没有答应。""幸好，当时没去参加。"

上天安排每件事必定有他的美意，我们之所以会觉得懊恼失望，那是因为我们并不了解上天的整个计划，也无法以时间跨度较长的视野来看眼前发生的事，所以才会去质疑："天哪！老天爷为什么要这样对我？"这时，我们一定要有信心。

有时，不管我们多么努力，多么拼命去追求强烈渴望得到的东西，可就是得不到。那是因为上天有更好的安排。

有个人遗失了一枚金币，正当他在草丛找寻那枚金币时，他却发现一个巨大的宝藏。他原本找寻的并不是宝藏，而只是他遗失的那枚金币。同样的，当你遗失某物，在你找寻的过程中，你也可能找到另外一样更有价值的东西。

我们错过了"A计划",也许是上天为我们安排了"B计划"。当时空环境不允许我们现在完成某件自己想做的事情时,这只是代表着未来还有更好的选择在等着我们。

老天给你设置路障,若不是要试炼你跳得更高,就是他要你绕其他路走,看看曲路迂回的另一番风景之美。

你陷入困局,可能是上天要你不再局限自己;你遇人不淑,可能是上天要你在遇到好人之前先遇到坏人,让你学会爱和懂得珍惜。

你不可能错过什么,因为错过的都是不属于你的。

等时过境迁再回头来看,你就会懂得、就会领悟:幸好,天不从人愿。

---

有人升了官、发了财、中了大奖或是找到很好的对象,这些看来都是好事,但它们真的是好事吗?不,那只是眼前看来如此。

有人丢了工作、投资失败、考试落榜、爱人跟人跑了,你当然会认为这些都是坏事,但它们真的不好吗?不,如果你拉长时间去看,那就未必了。

回想过往,我也曾遭受挫折,也曾失意,也曾陷入绝境,也曾以为自己完了,然而在时隔多年的现在,我才明白,那些曾以为的不幸,原来伴随的是迟到的幸福。

当时谁知道?

### 人算不如天算

——该是你的躲也躲不掉，不该是你的求也求不来，即使再怎么会算也没用。

住在绿园道，我经常可以看到有人推着婴儿车——有些婴儿车上附有小小的方向盘。孩子们可以把手放在方向盘上，感觉好像自己在控制车的方向，其实是后面推车的人在操控。

这让我学到很重要的一课：有时我们以为自己在操控什么，其实后面总有个比我们更大的力量在掌控。

你自己或你周遭的人应该都有类似经验：有时你明明计划好或跟人谈好了某件事，中途别人却突然变卦；有时你原本没有预计，压根都没想到的事，竟然就这么发生了；有些事你想遇却遇不到，有时你刻意避免的事，却偏偏发生了。

说二则故事。

从前有个和尚到一户农家去诵经，有个小孩儿在地上爬，手里还拿着一个盛饭的铲子在地上铲来铲去。孩子的母亲过来把孩子抱了起来，随手将小孩儿手中的饭铲丢进饭锅。和尚将经诵完，这位母亲请他吃饭。和尚心想，地上的灰尘那么多，小孩儿还拿饭铲在地上铲过。和尚实在不想吃这些饭，就谎称有事，回寺去了。

　　过了几天，和尚又来这户农家诵经，那位母亲端出热腾腾的甜酒酿来，和尚觉得味道很好，一连吃了好几碗。等他吃完了酒酿，孩子的母亲笑着说："上一次真不好意思，你连饭都没吃就回寺了，当时还剩下很多饭，我就将饭做成了一些甜酒酿。今天看你吃了这么多，我真的很高兴！"

我们接着看下一则故事。

　　古时候，朝廷派两位使者出使高丽，一位正使，一位副使。两位使臣到了高丽国，受到国君热忱的款待。当两人顺利完成使命回国时，高丽国君赠予他们许多礼品。正使对这些珠宝礼品并不特别在意，便交由副使负责看管处置。副使是个自私自利的小人，他把高丽国赠送给正使的礼物全放在渗水的舱底，而把自己的东西放在最上层，并用防水布密密实实地包裹着。

　　回国途中，海上突然掀起了大风浪，为了安全起见，船长要求乘客把随行的东西都抛入海中，以减轻船的重量。于是众人纷纷把东西往海里扔。扔到一半时，海上的风浪渐渐平息，大家遂停止动作，开始检查自己的物品。

　　这时副使才发现，自己的东西一个也不剩，全被扔进了海里；而正使收到的礼品因为放在最底下，一样也没被扔掉。

该是你的躲也躲不掉，不该是你的求也求不来，即使再怎么会算也没用。我听说，美国加州有名男子赢得了九百万美元的乐透彩票，原因是他把结婚周年纪念日的日期忘了，填错了号码。

　　所以，做人不必太会算计，也无须太计较，别像那些自以为控制方向盘的小孩，只看到前面，却忘了后面那个真正掌控一切的人。

　　没错，有时候，人算不如天算。

---

　　人生的机缘往往有着令人猜不透的矛盾：我们愈是一心一意想要得到手的东西，往往怎么也得不到；那些我们不大在意的东西，却会意外落入我们的手中。

　　"无条件去舍，永远会得；太贪婪要得，总会落空。"

　　凡事不要刻意去求，最好的东西都是在你预想不到的时刻出现。

　　当你眷顾他人时，相信幸运之神也正关注着你。

### 回到以前一样

——生命是一连串的舍弃，为我们最终舍弃人间躯壳的最后一幕预先排演。

有一个男子流年不利，先是遇上裁员而失业，又碰上金融风暴在股市赔光了所有积蓄，最后交往多年的女友也提出分手。

男子因此对人生心灰意冷，萌生了出家的念头，于是到深山的一座寺院，拜托住持帮他剃度。

没想到，这男子似乎真的倒霉到家，竟然连出家也不顺利——住持认为他的心根本不定，所以拒绝了他的请求。

男子苦苦哀求："拜托您不要拒绝我，如果连出家都不成，我就只有死路一条！"

住持淡淡地说："这怎么可能呢？你之前也没有出家啊！那时的你，是怎么活的？"

男子沮丧地说："以前我还有女友，拥有心灵依靠，现在没了！"

"你在认识女友之前，不也是一个人吗？那时的你，是怎么活的？"

"不一样啊！我之前有工作，也有钱啊！"

"那你刚从学校毕业的时候,不是既没工作也没钱吗?那时的你,是怎么活的?"

住持说到这里,男子陷入了沉思。

这时候,住持面带微笑,轻拍男子的肩膀,说:"现在让你感到痛苦的,不是没工作、没钱,更不是没女友,而是'不想失去'。但别忘了,以前你没有这些东西,都能活得好好的,现在没有这些东西,一样也能活得好好的。你只是回到跟以前一样了。"

"回到跟以前一样了",这句话把男子彻底打醒了。

我认识一个婆婆,对儿媳妇很失望,每次提到儿媳妇,她就满腹牢骚。

后来她突然想开了,她说:"反正我就当作没儿媳妇一样!"没想到当她这么想,心情反而舒坦了。

我也听说一位女明星曾因失去感情而陷在悲伤里难以自拔,后来她想通了,她发觉自己没有失去什么,只是回到了原来的自己。

通常,人只是太执着了。原本不属于你的东西,为什么变成"你的"之后,你就认为非你莫属了?像工作、职位、财物、儿女、感情,在没有得到之前,日子不也过得好好的,为什么失去之后,你就变得痛苦不堪?

庄子在面对自己儿子死亡时,并没有表现出任何悲伤。旁人看到了,很好奇地问:"难道你儿子死了,你一点都不悲伤吗?"

庄子淡淡地说:"他没出生前,我活得好好的;他在的时候,我还是这样活。现在他走了,只是又回到没有他的日子,有什么好难过的?"

记得以前有一个电视综艺节目,会邀请观众玩游戏。有一次,有位观众节节过关,眼看胜利在望,奖金就要拿到手,没想到一个疏忽,竟失去得奖的机会,现场观众都为之扼腕。主持人就问这位观众的心情是否难过,他耸耸肩说:"不会啦!反正我来的时候也是空手来的。"

想想,我们来到这世上本来什么都没有,当我们拥有又失去某些东西后,我们真的失去了什么吗?不,其实我们没有失去什么,只是回到了以前的自己而已。不是吗?

> 在没有名字之前,你是谁?你就是你。更改名字之后你是谁?你就不是你了吗?
> 
> 你或许会以为你是你的名字上的你,你名片上的职位的你,以为你是某人的爱人,以为你是孩子的父母,以为你是你的房子、车子、财产的主人,但这些都只是"你以为"而已。你一直想抓住它们,但它们都不是你的。
> 
> 假设水就是原来的你,将水倒入杯子里,水会变成杯子的形状,但是,你能说你就是杯子吗?不,水的本质是不会随着杯子的改变而改变的。
> 
> 然而大部分人的问题就出在太执着于杯子了。一旦对杯子执着,你就会忘掉自己是水的事实。然后,当杯子的形状改变时,你就会忘了原来自己是谁。

## 庆祝我们曾有过的美好回忆

——爱的可贵在于永恒，而不在永久。

很久以前，有对老夫妇养了一个小女孩儿，他们非常宠爱她。

每年一到小女孩儿的生日，他们就到田野里采摘女孩儿最喜欢的花，编成花束。老爷爷回来之后，就把他们的小农舍里里外外洗刷干净，然后用美丽的花来布置家里每个地方。老太太则煮小女孩儿最爱吃的东西，为她烘焙一个大大的生日蛋糕。

但这一切美景到了小女孩儿十六岁那年就破碎了，因为她遇上了从远方来的王子。他在出征的归途中，经过这个小农庄。他请求她当他的新娘，答应要给她世间所有的荣华富贵，但有一个附带条件：她这一辈子将无法再见到她的父母。

这对老夫妻对一切可以让女儿快乐的事，从不会拒绝，但他们不敢想象，没有了女儿是怎样的日子。他们向她提起村里的许多男孩子，只要有意娶她的，他们都跟她说了，但女儿已决意要离开——虽然她也很爱她的父母，但命运之神正在向她招手，要带她到未知的未来。

她和父母相拥而泣，但王子很快就将他们拉开，把女孩儿带上马，扬长而去。从此以后，这对老夫妻再也见不到他们心爱的女儿了。

日复一日，年复一年，每天太阳升到田野上时，老爷爷与老太太就会走到当年女儿离去时背影消失的地点，悲伤叹气。在女儿生日的那一天，他们就躲在黑暗的角落里哭泣。他们的心碎了，他们生命中的唯一已离他们而去。

后来，老爷爷生病了，村里的医生来看他，给他开了药，但对他一点帮助也没有。日子一天天过去，眼看女儿的生日又快到了，老太太知道他的身体非常虚弱，面对这个特别令他痛苦的日子，担心他会熬不过去。想到这儿，老太太突然有了个主意。

这天，女儿的生日到了，老太太变得非常忙碌，她扫去屋内堆积多年的灰尘，修补破旧的农舍，到田野采了许多野花，然后回到厨房，开始下厨料理。"你在忙什么啊？"老爷爷躺在床上虚弱地喊道。

"这些年来，我们因失去爱女而活在痛苦的记忆里，"老太太说，"但是今年将不再如此，因为今年我们要庆祝，庆祝我们过去拥有的美好回忆。"

说着说着，她端出一个超大号且漂亮的生日蛋糕，这是农庄有史以来最美的蛋糕，这也正是老爷爷所需要的治病良药。自此以后，每到他们女儿生日的那一天，老爷爷就会到田野里，尽其所能地采到最美丽的花，老太太则烘焙最好吃的蛋糕，然后两人高兴地庆祝他们女儿的生日，回味女儿所带给他们的快乐。

爱的可贵在于永恒，而不在永久。曾经拥有，就不必遗憾；曾有过美好，就不必觉得失落。

失去了一段感情，但却没有失去那个人、那段关系所赐给你的礼物。你可以选择静静地感谢对方带给你的成长和启示，感谢对方曾给你的甜蜜时光与美好回忆。

　　毕竟，曾经拥有，就曾经幸福过，不是吗？

不要为已经结束而哭，要为曾经拥有而微笑。

当你想念或无法忘怀某个人时，你可以这么做：

·完成一本记录着你和那个人相处历程的相册，以相片追忆你们的故事。

·为那个人种一棵植物，以照顾植物的生长，来表达你的爱与关怀。

·完成和那个人之间做过的约定，以此纪念。

·把那个人的生日定为纪念日，以此庆祝。

·找一位也认识他的人，和他一起回忆与叙说关于那个人的一切。

美好的时光虽不能长留，可是我们有记忆，可以把美好保存在脑海中。

苏格拉底曾说过："能忆起它，你就拥有它。你失去的每一样东西，都可以借这样的方式重新拾回。"

当爱人离去，他真的不在了吗？不，他已经存在你心里了，你反而更能感觉到他的存在。

## 你所找寻的爱，正是你失去的爱

——失去了爱之所以让人痛苦、绝望、悲伤，那是因为我们失去了自己。

在一个座谈会上，有一个中年男人气急败坏地数落妻子。他的妻子琵琶别抱，跟别的男子跑了。这个心碎的男人，失去了所爱的女人，失去了自尊，更失去了多年来的感情投资。

然而，从相反的角度来看，其实他的爱还是存在的。也正因为爱还存在，他才会深刻体会到锥心之痛。

换句话说，在失落与心碎的同时，这名男士也真正认识到爱是什么——过去他妻子还在的时候，他从未在意，直到妻子离开他才体会到。原来，他失去的爱，正是他所找寻的爱。

人在痛失至爱之后，常会以为，那人消失了，那爱也跟着失去。这是不对的。如果你认为心中已没有爱，只有恨，而等到那个人去世，你却会伤心难过，这表示爱还是在的。

如果你对某个人有爱，那爱就不会随着那个人的消逝而离去，只是，现在那份爱已在你身上，必须由你自己给出去。你可以回想，过去那个人是如何使你感受到被爱，如何让你感受到被关心与被在乎的，你是否愿意以相同的爱去爱你自己，以及你周遭的人？

我们失去了亲人，但他们唤起了我们的爱。爱是人类的本原，当我们去爱，我们内心充满温暖、喜悦和希望，那是因为我们找到了自己。失去了爱之所以让人痛苦、绝望、悲伤，那是因为我们失去了自己。

套句罗伯特·弗洛斯特的话就是："你将不断地迷失，直到你找到真正的自己。"

也许当你所爱的人离开的时候，那个人会带走你的"自信"或是"喜悦"；或许当你与所爱的人分手的时候，你的"温柔"与"坚强"也同时被带走。因为当初是你自己让这些特质离你而去。所以现在也应由你将它们找回来。

要知道，当你没有某些特质，而离开你的人却拥有这些特质，你的内心就会永远也放不下这个人。

因为，你所找寻的爱，也正是你失去的爱。

> 爱不是从别人那里得到的，爱本来就在我们身上。
>
> 沐浴在爱里，我们敞开心房，所以能感受到自己内在美好的一面。就算爱人为了某些原因而离去，我们原来美好的潜质依然存在，只是心房不再打开，没有展现出来。
>
> 我们也不可能失去爱，因为我们的本原就是爱。如果你因爱而受苦，那是因为你离自己的本原愈来愈远。

### 你不但没有失去，反而找到自己

——你的痛苦和失落，并不是因为失去某个人，而是因为失去自己的一部分。

我们绝大多数的人，内心都充满了"坑洞"。

坑洞是什么？坑洞指的是我们已经失去联系的某一部分，也就是我们对本体的觉察减弱，譬如爱、价值感、与别人联结的能力等。如果我们无法觉察到我们的本体，它就会停止显现，然后我们就会感到匮乏不足。这是阿玛斯在《钻石途径》一书中提出的"坑洞理论"。

他说，当我们感受不到自我价值时，内心会有一种空空洞洞的感觉，我们会感到匮乏、自卑，只想拿外在的价值来填满这个洞。比方说，我们会想得到别人的赞美和肯定，这就是在填补空洞。

按这个理论来说，人们之所以会渴望相互拥有，也是因为别人能填补你的坑洞。你可能因为这个人而感觉到自己的价值，于是，你会不知不觉地认为是那个人使你变得有价值，你所感受到的满足都是他带给你的。

当两个人很合，就意味着你们很能"互补"，你们都填满了彼此的坑洞。反之，当坑洞没有被填满，比方说，没得到对方的爱和肯定，你会感到嫉妒和不满；当对方伤了你的自尊，或者说了某些让你不舒服的话，你会感到愤怒和受伤，那是因为心中的坑洞又暴露了出来。只要对方无法填满你的坑洞，或者你无法填满对方的坑洞，两个人的不满就会一直持续。

人们害怕分离，说穿了就是害怕面对自己的坑洞。当亲密爱人离开或消逝，你伤心难过，感觉就像肌肤被切开；你可能会发现爱的感觉、自我价值、安全感，甚至意志力都不见了，那也是因为他的离去让以前被填补的洞，现在又暴露了出来。

更明白地说，你的痛苦和失落，并不是因为失去某个人，而是因为失去自己的一部分。

当你说："没有他，我再也活不下去。"其实真正的意思是：没有了他，有一部分的我，再也无法彰显。因为那部分的自我，已然失去。因此，你就必须面对自己的真相，你会发现自己竟是如此空虚、无趣、没价值，你会发现自己身上尽是"坑洞"，这就是人们很难放下曾经那段恋爱关系的原因。

事实上，当我们放下关系，我们对本体的觉察才能苏醒。如果你能跟这份失落感带来的痛苦共处，不再试图抓住别人，你就会清楚地看见那些坑洞。如果你允许自己去体会自己的不足和空虚，并能消除心中的坑洞，你便能找回你失去联系的那部分。

阿玛斯说过:"能填补你的东西,并不属于真正的你。"

你不愿面对自己,那么当别人离去时,你也会失去自己;反之,如果你愿意面对自己,当别人离去时你反而会找到自己。

没错,当别人离去会带走你的价值,是因为你从来没有意识到自己的价值。当你懂得自己的价值,并找到自己的喜悦,这个价值和喜悦就没有人能带得走。

## 别当"快乐植物人"

——自己的感觉自己最清楚,自己的快乐要自己求。

心大致有两种形式:一种是向外,一种往内。这往内的心可以清楚地观照自己,就像你现在很快乐,并不需要别人来告诉你。

你无法感觉我的头痛,我也没有办法感觉你的头痛;你不能帮我快乐,我也无法帮你快乐。我们完全拥有自己的痛苦、自己的快乐。若我们能清楚地明白这一点,我们就自由了。

一直以来人们都有一种误解,以为我们的感受是来自外在,以为我们需要的某些东西,包括认可、赏识、赞美、支持、爱,都是来自别人,并以此决定自己的感受。如此一来,我们便一直需要别人的感情施舍和慈悲,因而经常落得失望、悲伤,那是一定的。

有位弟子问师父说:"为什么我的悲伤感觉上比快乐真实?"

师父答道:"因为悲伤是你的内心感受,那是真实的;你的快乐不是你的,你的快乐倚靠别人。"

有依赖就很难有快乐,因为你是在"求人"——你把自己变成一个需要别人替你浇水的"快乐植物人",如果得不到水,你当然会枯萎。

自己的感觉自己最清楚,自己的快乐要自己求。想要活得快乐、有尊严,就要学习不求人,而应该反过头来求自己。怎么求自己呢?很简单,就先从"爱自己"做起吧!

首先要"忠于自己的感觉",这是爱自己,也是让自己快乐的第一步。

有一个女学生曾半开玩笑地问我:"忠于自己的感觉?我怕这样会把男友吓跑。"

"那要恭喜你,"我说,"如果他跑掉,就让他跑吧!"

事实上,如果你忠于自己的感觉,爱你的人会留在那里,甚至还会更欣赏你,只有那不爱你的人会自动消失,那是好事。

作家威廉·费德说得好:"舒畅的心情是自己给予的,不要天真地去奢望别人的赏识。舒畅的心情是自己创下的,不要可怜地去乞求别人的施舍。"

依赖别人的爱一定会痛苦,更爱自己是解除痛苦的解药。所以,别再去寄希望于别人了,自己的快乐需要靠自己去成全。

我听说,有个太太,在她丈夫每年过生日时,一定会到饭店订席,将一家老小都请到,还买蛋糕让丈夫过个快乐的生日。等她自己的生日到了,她也一样自己掏腰包,全套的过程再来一遍,让自己过个快乐的生日。

她说:"如果我期待我的先生帮我过生日,很可能会造成双方的不愉快。因为他庆祝的方法绝对和我不同,我们搞不好还会吵一架。与其等他表示,不如自己庆祝来得爽快!"

她是对的,求人还不如求己。

如果你饿了，不必等别人来告诉你，你就会去吃东西。要等别人感觉到，或等别人来给你食物，那你一定会经常挨饿，甚至会饿死。

> 在这个世界上只有一个人能为你快乐与否负责，那个人就是"你"。
>
> 举凡你所倚靠的人、事、物，都不可能长久，因为没有人能一直符合你的期待，对吗？
>
> 如果你的快乐必须依靠别人，就等于你把自己交给了别人，你使自己变成奴隶。换句话说，你让别人来操控你，那你怎么可能快乐呢？
>
> "我照顾我自己。我只有自己可以依靠。"这是曾经一位哲人的肺腑之言，希望你也有所感悟。

### 欢喜心，不烦"脑"

——你知道，你爱惜，花儿尽情地开；你不知，你厌恶，花儿尽情地开。

在人生的旅途中，我们常说："欢喜就好，不管做什么事情，能够欢喜最为重要。"可见欢喜是人人想要、梦寐以求的。

我们除了追求欢喜，更希望常保欢喜，然而为什么生活中真正每天欢喜的人却少之又少？

那是因为我们的头脑。当我们去做一件事，我们的心原本欢欢喜喜，但是头脑会去计较，我们的脑子会求回报，而一旦头脑介入，所有的欢喜就会被摧毁。

比方说，你跟某人打招呼，若那个人没理你，你会怎么样？你会不会想"这个人真没礼貌，跩什么跩，下回再也不跟他打招呼。"

当你去洗碗、去整理和打扫房间，这原本是很单纯的一件事，然而如果你的头脑又开始想："为什么是我？这应该是他的事情，不是我的责任，真是不公平。如果总这么做，他就会吃定我。"

这时你就会生出不满、抱怨和倦怠，对吗？

如果你的心本来是欢喜的，你高兴打招呼，你就顺随你的心，

为什么要受别人影响？打招呼是你高兴这么做，跟别人无关，就像雨水洒落土地，雨不会思考：这些花草树木有没有感谢我？雨只是自然地洒落。

鸟儿唱歌，因为内心有歌要唱，不是为了得到赞美和掌声而唱，也不求任何回馈。你去做任何事也一样，那得是因为你自己想做。如果你不想做，那连做都不该去做，否则原本高兴的心迟早会变调的。

还记得初恋时的感觉吗？当时你很欢喜，那是因为你是发自内心的，你单纯地只是爱。后来你的头脑介入，你计算谁给多给少，你开始在爱上头添加许多期待，你想："我为你付出那么多，你为什么这样对我？"这时欢喜就变成了抱怨。

爱是要用心，而不是用脑。想象有个情人说出这样的话："我用整个脑袋来爱你。"这不是很怪吗？

有一首诗：

> 你知道，你爱惜，花儿尽情地开；
> 你不知，你厌恶，花儿尽情地开。

不管别人喜欢也好，不喜欢也罢，我们一样尽情地做自己，这就是我想传达的。

我们做任何事最重要的是自己要欢喜，至于别人是否喜欢，或者别人是否让你喜欢，那并不最重要。没错，欢喜就好，不一定要喜欢。

人要欢喜，就要少用头脑，多用心。

脑和心是完全相反的。

头脑总是去计算、区分、分析、比较、判断。而心，只是想把感觉和感情放进去。

头脑总看别人，心则来自自己的内在；

头脑总想要得更多，心只想给得更多；

头脑会不断地将你拉回过去的事，心只活在当下。

所以，当你做某件事时，你感到不快，请检视一下是来自"头"还是来自"心"。

你可以问自己："这是我想做的吗？"如果是的话，那就把"头"放下，回到"心"，如此就能常保欢喜。

## 快乐的人，就是安于自己位置的人

——我们每个人就像在生命舞台上的演员，不管站在什么位置，都该演什么像什么。

你还记得小学一年级时的座位吗？是第五排第三个位置？也许是第三排第七个位置？总之，当你一进教室，就知道该走到哪个"位置"上。

等你长大，去看表演，看电影，听演唱会，找车位，买房子，甚至找工作，也都是在找"位置"。只是有的位置你待的时间长，有的待的短。位置经常是换来换去的。

在生活中我们都扮演着多重角色，有时是人家的太太，有时是孩子的妈妈，是人家的儿媳妇，也可能是一位老师。每个角色也

都是个"位置"。

换了位置,角色当然不同。例如一些主管或军人,习惯发号施令,回到家常忘了自己也是个父亲或丈夫;有些老师,习惯教导别人,回到家就忘了自己也是人家的儿媳妇或太太,这就是没搞清楚"自己的位置"。

我们每个人就像在生命舞台上的演员,不管站在什么位置,都该演什么像什么。上班有上班的样,回到家时,就该扮演好自己的角色。在台上的位置,就要投入演出;在观众位置时,就要学会欣赏和鼓掌。

其次,我们有时也要换到别人的位置看事情。比方说,做老板的要换到员工的位置,而做员工的也要换到老板的位置来看事情。再如亲子间、师生间,或是婆媳间、同事间、夫妻间、亲友间,由于位置不同,立场也会不同,也应该异地而处一下。因为只有当我们换到别人的位置才能理解和体谅别人,也才能安于自己的位置。

去跟人比较,或计较都是不必要的。就像一个剧院里面有一千个位置,如果你坐在第二十一排第三个位置,但却一直羡慕第五

排的第十二个位置，于是，整个看戏的过程，你会始终把注意力放在位置的好坏上，那又怎么可能静心享受和专心观赏表演呢？

人要想快乐，就必须知道自己的位置，而且能安于自己的位置。

> 不管你从事什么工作，待在什么职位，遇到什么处境，如果你随时可以蹲下，就不必在乎有没有位置。
>
> 不管你念的是什么学校，或是上哪一门课，坐在最好的位置，却不认真，那比坐在最烂的位置却用功认真的人，更没有收获。
>
> 不管你在哪里，或是坐在哪一个位置上，要记住，最好的位置，就是你现在所在的位置。因为每个位置都是独一无二的，都能欣赏到别人看不到的东西。
>
> 一个快乐的人，就是一个知道自己位置，而且能安于自己位置的人。

## 你还在跟别人比较吗？

——拿自己与他人相比较，可以说是最容易让人不快乐的原因。

举例来说：王小姐每年赚一百万元，她对自己相当满意，可是当她知道陈小姐每年赚一千万后颇觉相形见绌；刘小姐情人节收到一大束玫瑰，本来非常开心，后来得知同事收到一颗钻戒后便怅然若失；张先生很得意儿子考试三科满分，直到他听说邻居儿子——同班的同学——考了五科满分，突然笑不出来。

你知道那是怎么回事：一开始你并没有对自己感到不满，直到你跟别人比较，你的心情就有所变化了。

亲友买了一栋房子，你因此觉得自己矮人一截。原本你的心情也好好的，但当你看到他买的新房子，于是你开始比较，随即对自己的现况感到不满足。

再如，当你遇见一位朋友，而她的护花使者帅气多金，接着你再回头看看自己的丈夫……算了！你知道我的意思。和别人相比，我们的配偶通常不是对手，不论在办公室、杂志上，甚至在路上。即使你的配偶已经不错了，但在别处总有更迷人的人出现。

别人家的草地看起来总是比较绿，从篱笆两边来看都是如此。那是远距离产生的假象，在近看之下，才会发现其中杂草掺杂。

电视上的俊男美女在早上六点，可不一定这么好看，脾气和个性往往也不像"演出"的那样。那些名人、富豪可能也不如你想象的生活幸福美满。

记得宋代有一位大官新入阁拜相，有人问他做宰相的滋味如何。他说做宰相就像穿新鞋一样，外表是好看但内里却苦得很。

有人羡慕官员的权力，但风光背后他们要承担多少？

有人羡慕明星的风采，但掌声后面他们要付出多少？

有人羡慕有钱人的阔气，但阔气后面他们要烦虑多少？

和有豪车华服的权贵相比，市井小民看似微不足道，但是就因"微不足道"，反而是最"值得称道"的地方。比方说，兴之所至，到夜市小摊上喝两杯，来一份蚵仔煎，吃后到街上闲逛——何其自在？何其洒脱？你想，有钱人能这样吗？明星能这样吗？

爱默生曾写过一篇有关大山与小松鼠的寓言，大意是说：有一回大山嘲笑小松鼠，因为它是个小不点。小松鼠不甘示弱地说，我不认为我的体形娇小是一种耻辱，我虽然无法像你有那样硕大的体形，可以在背上负载一座森林，但你也不能像我一样可以用牙齿嗑开一粒核桃。

百合花或许羡慕玫瑰的娇艳美色，而玫瑰或许也渴望有百合花的高雅大方。所以，不必为别人所拥有的美好事物而失意，应该多看自己所拥有的。

在人生的道路上，每个人走的是不同的路，根本没有谁比不上谁的问题。你是你，而他是他，你们是不相同的，既是不同的又如何比较呢？

想想一匹马，它跟一只鸟比较，结果会怎么样？那它一定非常受挫，一定对自己非常不满："为什么它声音比我悦耳？为什么它如此轻盈？"这不是庸人自扰吗？

不要拿别人的生活方式来衡量自己的生活，因为这样做根本没有意义。你应该向内探索，了解自己是什么。一旦你能接受自己，你就永远不会和别人比较或嫉妒别人。

试想，如果你是一匹接受真实自己的马，又何须羡慕鸟有翅膀，非当只鸟不可呢？

> 我们什么时候才能不拿自己跟别人比较？
>
> 真正快乐的人是一个不跟人比较的人，他不可能不快乐；真正富有的人是一个不跟人比较的人，他不可能感到贫穷。抛弃比较，那么你就不会觉得贫乏。继续跟人比，那么你将会保持贫乏，因为总是有人拥有更多。
>
> 纵使你已经很有钱，也还是有人比你更有钱，过得比你更优渥。所以比别人更好这种追求是永无止尽的。我们真正要学的是：懂得去感受自己的富足，懂得珍惜自己所拥有的东西并心怀感恩。
>
> 不要老看到别人拥有什么，其实你也有很多是别人没有的。

## 那才是你

——那个不完美的你,才是你自己。

参加医学会议,常要做论文发表或专题演说,有时在会后要与外国友人餐叙。以前我常感到紧张不安,因为我一直很不喜欢自己英语的口音,直到好友杜教授说了一句话:"就是因为有那个口音才是你嘛,何必介意!"

这话仿佛雷击般把我打醒。没错,那就是我,不管有什么缺点,那也是我。

从这件事我得到一个领悟,那就是要别人接受我们,我们就必须先接受自己。如果我都不认同自己,别人又怎么可能认同我?

我们每个人来到这个世界,与别人的生日不同、长相不同、个性不同,就是要与众不同。也许你并不完美,但又有谁是呢?你还有一些缺点,这点大家都一样。你的某些缺点,也许还是你的特色,也是你独特的地方。

当然,不可避免的事实就是,并不是每个人都会喜欢你。但这也无须太在意,心理学家海因·雪勒曾提出数据说:"若认识一百人,里面有十五个人喜欢你,就已经够多了。"任何人都不可能得到全世界所有人的喜爱，不是吗？

事实上，如果你想在一生中有所作为，那么，紧接而来的就是会有一些人跟你敌对——一棵果实累累的树，总会有人拿石头去丢。别担心，你只要忠于自己，自然会有更多欣赏你的人。

曾有学生问我：忠于自己就会众叛亲离，怎么办？

你还是要忠于自己。我说：原因很简单，当你背叛自己，你也在背叛别人。因为他们之前认为的你，并不是真正的你，那是虚假的你，你等于背叛自己和别人。

人们在爱里面也常有类似的困惑：我到底要忠于自己的感觉，还是迎合对方？

我的看法一样：要忠于自己。如果你忠于自己的感觉，那个爱你的人会一直在那里；如果对方离开，那表示他并不爱你。

婚姻最讽刺的就是，当我们说"我愿意"，从此就必须去做许多"我不愿意"的事。

我们做任何事都应该听听内心的感受，问问自己："这是我的本性吗？这是不是我想做的？我做这些事会开心吗？"不要委曲求全，如果我们只是一味地想得到别人的肯定，我们就不可能做自己，那样就算别人喜欢你，你也不会喜欢自己。

人可以以一种人为的方式生活在世界上，但是在最深处最内在的核心，你一定要一直都是自然的。不过，虽然你人为的部分只是本性上面的一层，但是当你包装越多，那一层就变得越来越厚，你就越不自然，离本性也就越来越远。

你是否曾观察过，你在别人面前为什么会紧张不安？是不是你在本性上头"包装"了些什么？那并不是你的本来面貌，所以你会变得不自然，觉得不自在，你的紧张不安就是这么来的。

为什么你不能接受你本然的样子呢？到底有什么不对？你的不完美、你的错误、你的脆弱和你的长相，那都是你啊！为什么不大方地接受？

俄国作家契诃夫比喻得妙："有大狗，也有小狗。小狗不该因为大狗的存在而心慌意乱。所有的狗都应当叫，就让它们各自用自己的声音叫好了。"

没错，你之所以是你，是因为你保留了属于你自己的东西。那才是你，不是吗？

> 只要做你自己，你就是完美的。我的意思是，你的平凡就十分完美了，不必再添加或修饰什么。
>
> 你不能借由表现出别人期待你的样子来赢得自尊，因为那不是你，你也无法尊重自己。想着讨好别人来赢得情谊和爱，最后总是失败，因为你一旦不被人同，你对自己的怀疑又会立刻重现。
>
> 从今天开始，看着镜子里的自己，然后对自己说："这就是我，不管我的缺点有多少，我都完全接纳自己。"当你能以目前的样子来爱自己、接纳自己，自然就会流露最完美的特质。

## 做自己,好自在

——人大部分的苦恼,在于想成为别人眼里完美的人。

人们互相顾虑来顾虑去,每个人都很在意别人:"我这么做别人会怎么想?同事、朋友、隔壁的邻居会怎么看?外人会怎么讲?"

然而,当你太在意别人,你就不可能成为自己;一旦有了重重的顾虑,你就不可能放松。你看那些放不开的人,他们就是这样,总是怕东怕西,所以才会如此不自在。

当你单独一个人在家里,你可以哼歌、扭腰摆臀、"瘫"在床上——几乎每个人都可以。但是如果有别人在场,你就无法如此,甚至连说话都有困难。你会透过别人眼睛看他的想法,你会用别人的想法来评断自己,你会开始顾虑。

多年前,作家艾迪初次到纽约,马克·吐温请他吃饭,陪客有三十几个,都是当时的显贵。吃饭的时候,艾迪越想越害怕。

"你哪里不舒服吗?"马克·吐温问。

"我怕得要死!"艾迪说,"我知道他们会要我演讲,我担心万一讲得不好,他们会怎么想!"

"艾迪,"马克·吐温告诉他,"只要记住一点,你就不会害怕了:他们并不指望你有什么惊人的言论!"

据说,从此以后,他站起来讲话,一直没害怕过。

你知道为什么吗?很简单,就是忘了别人的存在。

有一次,有个听众问一位禅师:"你不会害怕听众吗?你面对成千上万的人讲话,有那么多人盯着你看,你难道一点恐惧都没有吗?"

禅师说:"每当我看着那些人,我就对我自己说:'只有我坐在这个大厅。'那就没有问题。"

是的,当别人都不在,你就能自在。

试着想象:没有人在看你时,你会怎么做?

如果别人都不存在,那有什么好害怕的呢?如果你把台下的人都当成植物,那么当你对他们讲话,你还会觉得害羞、恐惧吗?

你看到一朵花,你觉得它很美,但从它的角度而言,它并不特殊,那只是你一厢情愿的感觉。它只是做自己,若你不喜欢或讨厌它,它并不会受到影响,因为那是你的事,与它无关。

一朵玫瑰需要赢得你的肯定吗?一颗冰激凌球需要获得你的喜爱吗?

不,玫瑰没做任何事来赢得你的肯定,它只是做自己;冰激凌球也不需要努力得到你的喜爱,你喜不喜欢它都不在意。

就像有一首诗写的:

你知道,你爱惜,花儿努力地开;
你不知,你厌恶,花儿努力地开。

不管你喜欢也好，不喜欢也罢，我依然做自己。这就对了！是的，做自己，好自在。

> 每个人都有不同的认知、思想、逻辑，如果你太在意别人的眼光，或很容易受别人影响，就会过得很辛苦。全世界有那么多人，要在意永远也在意不完。
>
> 我发觉，不论是感情或其他关系，那个越不在意的人往往拥有越大的主导权。当你在意别人，就容易耿耿于怀，凡事都想不开；反过来，当你不在意，有时别人反而会在意你。我也是经过了不少时间，才领悟到这点。
>
> 人生苦短，一定要做自己才好。

### 你在哪里遗失了快乐？

——想想，自己是从什么时候开始不快乐的？是因为什么？

当我们站立或走太久，我们会觉得累，站立或走太久就是一种苦；此时若让我们坐在椅子上，会觉得很舒服，我们会变得快乐。然而当坐太久，又会开始不舒服，我们就会想站起来或走动一下；而当我们起来，舒服不了多久，又觉得累了，这个乐又转变成苦。

我们可以在日常生活中看到自己重复这样的过程：旅游很快乐，但回来要整理心情、衣物以及积累的待办的事务，原本的快乐就变成负担。吃美食很快乐，但你能吃多少？当你吃饱了以后仍然继续不断地吃，那种快乐的体验很快就会变成一种痛苦。

你可能想做生意，或买房子，需要从银行贷款。若你贷不到，便会沮丧。最后银行同意借钱，你又感到快乐。但你的快乐持续不了多久，因为利息将开始累计，过一阵子那将成为你的痛苦。

得不到所爱的人，让人痛苦；最后得到了，又变得开心；得到了却发现对方没有原先想象的美好，更让人痛苦。

成功会带来短暂的兴奋与愉快，挫败则将我们推向绝望的深渊，但迟早我们的内心还是会回到原点。加薪、聚餐、买新衣、得到某人赞美，都让我们雀跃不已，但是很快，美好的心情就会消失。这就是我们所谓的快乐吗？

一个有知觉的人就可以看出，这样的快乐说穿了都是外在感官和欲望的满足，那都是短暂的，而且和痛苦是交替的；这样的快乐只是享乐，而不是喜乐。真正的喜乐发自内心，你不可能在外头找到，因为它不在那里。说一则流传久远的故事：

有一天傍晚，有个人在自家小屋前的路灯下找来找去。天色渐渐变暗，附近的一些人好奇地问他说："你在找什么？什么东西掉了吗？"他说："我的缝衣针掉了。"

"要不要我们帮你找？"人们说，"路这么大，针那么小，你是在哪里弄丢的？"

那个人说："在我房子里。"

大家听了都笑了起来："如果针是掉在家里的，那你为什么跑到路上找呢？"

他说："因为我家里没有灯，外面的路灯比较亮。"

如果针是掉在家里的，跑到路上找怎么可能找到呢？

这寓言深富启发性。我们也都像这样，不断在外头寻找快乐，但你可曾想过："自己是在哪里遗失它的？"你是在哪里遗失你的快乐的？最好在你往外寻找之前先看看你的内在。

你内心喜乐吗？你知道喜乐是什么吗？它就是欢笑，对万事万物都感觉快乐，没有任何原因的快乐。你去注意快乐的人吧，

最快乐的人并不是最有钱，长得最美，或拥有最多的人。因为快乐不是来自我们拥有的东西。快乐是一种内在的涌现，就像小孩，一无所有，一样可以很快乐，对吗？

快乐与成功无关，快乐与职位无关，快乐与身材、金钱无关。快乐只和你的内在的喜乐有关。引述梭伦·齐克果的话："一个人向外追求，认为他的快乐存在于他的身外，最后他转而向内，却发现泉源是在他的内心。"那些到远处找快乐的人，是把欢乐从心里遗忘的人。

所以，不要一味地向外，你必须转一百八十度，开始向内寻找。一旦你能够对现在这样的你，对平凡的自己感到快乐，那快乐就永远与你同在——这才是永恒的快乐。

> 从我们出生的那一天起，我们都在努力追求我们相信的能让自己快乐的事物。当然，想让自己快乐并没有错，但问题就在于，我们得到这个，不久又想要那个，当我们拥有什么，就想要更多。更多的欲望就会产生更多的不满，而当快乐的事物没出现，我们会感到愤怒、困惑、失望、焦虑、沮丧，我们的痛苦就是这么来的，不是吗？
>
> 你想过吗？当你快乐时，你又怎么会有这么多的欲望？当你有那么多欲望时，你又如何能快乐呢？

## 不要再追尾巴，而是去摇它

——人们往往会因为一个幻象而忘了自己真正的目的。

人生的目的是什么呢？

当我问学生，得到的回答不外乎是立大志、做大官、成大业、赚大钱。于是情况就变成：为了达成这个目的，必须牺牲享受，必须坚韧不拔，过苦哈哈的日子。你想：只要熬过这段痛苦日子，美好的未来就会到来。

但事实真是这样吗？当员工很辛苦，当了老板就不辛苦吗？当个小官很苦闷，当大官后就不苦闷吗？没钱很烦恼，有了钱就没烦恼吗？当然不是。你相信媳妇熬成婆，当了婆婆从此就可以享受了吗？你相信恋爱很痛苦，度过痛苦的恋爱，结婚就会过得幸福快乐？

不，现在过得不好，并不会使未来变得更好。

你可能常为自己定下类似"要升某个职位、要赚到多少钱、得到某些东西、完成某个计划"的目标，并因为没达到而不开心。但你是否想过，为了追上你想要的目标，你牺牲了多少快乐？

《塔木德经》记载着这样一则故事：

拉比看见一个人行色匆匆地赶路，就将他叫住，问："你在急什么呢？"

"我要赶着追上成功。"这个人气喘吁吁地回答。

"你怎么知道成功就在你前面呢？"

拉比继续说："你拼命往前跑，一心一意只想追求成功，可是你怎么不看看四周呢？问问自己要的成功究竟在哪里？也许它正在你后面追赶着你呢！事实上，只要你静下心来，它就能与你会合。可是你却愈跑愈快，反而逃离了自己的成功啊！"

快乐也一样，你无须做任何事才能变得快乐。事实上，你总是因为做太多才变得不快乐。

我想到一则笑话：

一个美国人到塔希提岛度假，当他看到塔希提岛人在编草帽时，他满脸悲悯地说："如果你能更积极点、勤快点，不就可以多赚一点钱！"塔希提岛人问："多赚钱做什么？"美国人得意地说："像我一样到塔希提岛度假呀！"塔希提岛人一脸疑惑地说："你辛苦一年，只为了到塔希提岛过一星期这样的日子，我却是一整年在塔希提岛享受生活，我为什么要学你？"

我们的迷失就在于：总是不断追求远方的事物，却不懂得享受手中已有的幸福。

所以，如果你想快乐，首先要做的就是停止"对快乐的追求"。追逐快乐就像一只猫试图抓住自己的尾巴，但当它追得越快，尾巴也跑得越快。当你看到这种情形，你会了解它的荒谬，但是猫看不到，它非常努力。这就是发生在人们身上的情形：试图要"追求快乐"，却反而过得更不快乐。

这个周末我想出去散心，又怕耽误写作的进度。后来我想了想我写过的书已经超过四十本，如果我必须等到完成"这本书"才让自己快乐，又凭什么相信写完这本书就会快乐？我必然又要等待完成下一本书，然后事情没完没了。

我不想再去追赶我的尾巴，我打算快乐地摇着它。

> 要体验快乐其实并不需要"达成某个目标"，也不需要"完成某个梦想"；要体验快乐，并不需要等到长大，等到考上大学，等到完成工作，等到结婚生子，等到赚够了钱，等到退休。
>
> 一切美好的事物都在我们身边，如果你有觉知的话，现在你就可以快乐。
>
> 我们每个人拼命努力，无非是希望有朝一日能过个"好日子"，却没想到如果懂得去经营生活，那种"好日子"马上就是你的。

## 最用心感受的人最享受

——眼睛看到的和心看到的肯定是不同的。

假如有一群人一起出去旅行,每个人都走同一条路,到同样的地点,看同样的风景,你猜哪个人会最享受?

猜对了吗?答案是:最用心感受的人最享受。

我们每个人,财富地位或许有高低之分,但对幸福的感受能力并没高低之别。幸福不是有钱人、有权人的专利,而是看你的感受力。

就像你喜欢去某个朋友的家,关键绝不在于他的房子位于哪个地段,他花多少钱买的,而在于主人给客人亲切自然的感受,对吗?再多的奢侈品,再顶尖的名师设计,再高级的立体音响、高画质电视,这一切都不能取代主人给你的感受。

我们对生活的感受一样也是来自内心。一个有钱人可以拥有任何东西,但是如果对任何东西欠缺感受,就不可能欢喜愉悦;而如果一个人懂得用心去感受,即使是穷人,也可以感到绵绵的喜悦。

许多人埋怨生活无聊,觉得无趣,这些埋怨都起因于我们对生活的感受性太差。

感受必须来自内心，唯有如此，那个感动才会发生。当一只手碰触你，并不是那只手被感觉到，而是那种温暖和关怀被感受到；当我们喝一口茶，并不是茶被喝进去，而是那整座山，是那座山林的阳光、空气和水都进入你的内在。

光着脚丫，到沙滩上、草地上跑跑或跳跳，你感觉你的能量流经脚，通过你的脚传到地面上。然后你静静地站着，根植于地，感觉你的脚与地面的交流。一旦感觉苏醒过来，你内心的喜悦也将跟着活了起来。就像当你的手臂或腿麻木后，再度恢复知觉。

爱因斯坦有一句话最令我印象深刻，他说，你有两个人生选项可以选择，首先就是将所有的事情都看得平淡无奇；而另一个选项则是，将一切事物都看成是一项奇迹。

如果你知道如何去欣赏，一朵花、一片叶、附近的公园、河流、星辰、月亮，到处充满惊喜；如果你知道如何享受，你就不会一直想着金钱。我们之所以一直想着金钱，是因为忘了去感受，生命才会变得如此空洞无趣。

人们花了钱、花了时间去拥有，却还不见得真的有感受，然而只要你懂得欣赏，你就能享受。

苏东坡写过："惟江上之清风，与山间之明月，耳得之而为声，目遇之而成色，取之无禁，用之不竭，是造物者之无尽藏也。"

想想，如果你视若无睹，青山绿水又有什么意义？如果你对拥有的东西毫无感受，有跟没有又有什么差别？

那些碌碌营营忙于累积钱财、没有时间享受、没用心感受的人，才是真正贫穷的人。

幸福不在于"拥有"多少,而在于"享有"多少。

满足感也不是去满足于你想要的,而是能感受到。要明白,你所拥有的,已是那么足够。

有些人认为,可以睡好觉就很幸福;也有人认为,看到孩子一天天长大就很幸福;或是有人认为每天下班,喝一杯热咖啡就是幸福——幸福的感觉从不曾离开我们,只是我们认不认为那是一种幸福。

你对生活愈有感受,就会愈幸福。

## 一定要享受过程

> ——结果真的那么迷人吗?其实,人们庆祝胜利时,更多的是觉得一直的努力得到了回报。

人的一生是一直朝着某个地方的旅行,有些人旅行的目的,是为了抵达一个特别地点、目的地,有些人则漫无目的。

那漫无目的的人,不知道自己要去哪里,也就永远不可能到达目的地;而只看到目的地的人呢,就算到达往往也错失了真的目的。

怎么说?

比方说,爬山时你老望着山顶,就根本看不到脚边的花花草草。人生旅程也一样,如果你只在乎何时到达目的地,那就会错过整条路上沿途的美丽景致,不是吗?

说一则故事:

从前,有个年轻人和女友相约在一棵大树下面。他性子很急,很早就来了。虽然春光明媚,鲜花绽放,但他急躁不安,根本无心欣赏。

这时，忽然出现了一个小精灵。"你等得不耐烦了吧！"精灵说，"把这个纽扣缝在衣服上吧！你只要遇到不想等待的时候，向右旋转一下纽扣，你想跳过多长时间都行。"

年轻人高兴得不得了，缝好后他握着纽扣，轻轻地转了一下。啊！真是奇妙！女友出现在他眼前，正含情脉脉地凝望着他。"要是现在就举行婚礼该有多棒呀！"他心里暗暗地想着。他又转了一下，隆重的婚礼、丰盛的酒席出现在他的面前，美若天仙的新娘依偎着他，乐队吹奏着欢乐的音乐。他深深地陶醉其中。他看着美丽的新娘，又想："如果现在只有我们俩该有多好！"不知不觉中纽扣又转动了一点，立刻夜阑人静。

他心中的愿望层出不穷："我还要一栋大别墅，前面是我自己的花园和果园。"他转动着纽扣。"我还要一大群可爱的孩子。"他又迫不及待地将纽扣向右转了一大半，顿时，一群活泼可爱的孩子在宽敞的房子里玩耍。

他不知等待，还没有看到花园里开放的鲜花和果园里累累的果实，一切就都被白茫茫的大雪所覆盖了。再看看自己，须发皆白。他懊悔不已："我情愿一步步走完一生，也不要这样匆匆而过！"他把扣子猛力向左转，他又回到那棵大树下等着可爱的情人。他的焦躁完全烟消云散，他看见花草迎风摇摆，鸟叫声是如此悦耳，还有树干上爬行的小动物是那么悠闲自在。

人生是个过程，人生不是匆匆赶往一个目的地。你必须一步一步地走，才能体会其中的乐趣。

当你去搭火车，你认为火车的作用是什么？

当然是将乘客载到目的地。这是一般人的典型回答。

但为什么火车的作用不能是让人欣赏沿途的明媚风光呢？那不是更有趣吗？

我们来到世上并不只是为了达成各式各样的目标，也不是像火车一样，只为了抵达各个车站。我们是来体验人生的，享受活着本身就是这趟旅程的目的。当你有这样的认知，一旦旅程遇到障碍，一旦你坐的那辆火车发生误点或因故障而停下来，你也不会受挫、沮丧或生气；相反的，你会利用这个机会走下火车，看看不同的风景，那将是完全不同的体验。

生命的目的并不在道路的尽头，而是在整条道路上，因为美好的风景并不在目的地，而是在每一步路、在每一个景、在每一个

呼吸、在每一个心跳。不论你在哪里，那里就是你的目的地。

所以，不管你的目标是什么，记住，一定要享受过程。

> 印度一位大师说：你一旦领悟到，路途就是目的，你永远在道路上前进。不是为了到达目标，而是为了享受路途的美好，生命就不再是一种任务，它会变得自然与单纯。
>
> 快乐并不在目的地，是旅程中的每一步造就了快乐。高高兴兴地走出第一步，第二步就会随着第一步而来，然后第三步又会跟着来——假如每一步都充满惊奇，你的生命就充满惊奇；假如每一步都充满欢乐，你的生命就充满欢乐。一旦你懂得欣赏周遭的美好，那你人生的旅程，必定是美好的。
>
> 我不知道你的目的地是哪里，唯一确定的是，人生的终站是坟墓。所以，别只顾着赶路，如果旅途很无趣，你想终点会有趣吗？

## 需要的是水，而不是杯子

——有些迷失，是自己造成的。

这是一个忙碌的上班族的故事。他每天匆匆赶着上班，开会，处理问题，电话接个不停，吃饭随便塞个三明治果腹，晚上很晚才拖着疲惫的身体下班。他认为要"成功"就需要这样努力，却没看出其实是欲望在主宰他的生活。而欲望也在主宰我们大家的生活，因为我们都被欲望牵着鼻子走，想要有钱，想要更漂亮的衣服，想要更高的职位，想要更大的房子，想要拥有这个、那个。我们多多少少也是这样。

在名利的诱惑下，我们一天天在世俗的旋涡中越陷越深，欢乐的影像也越来越模糊。

某一天，几个同学去拜访大学时的老师。老师问他们生活过得怎么样。结果学生纷纷大吐苦水：工作压力大呀，生意难做呀，仕途受阻呀，生活烦闷多呀！

老师笑而不语，从房间拿出许多杯子。这些杯子各式各样：有瓷的，有玻璃的，有塑料的；有的杯子看起来高贵典雅，有的看起来粗陋低廉。老师说："都是我的学生，我就不把你们当客人了，你们要是渴了，就自己倒水喝吧。"

大家已经说得口干舌燥了，便纷纷拿了自己中意的杯子倒水喝。等大家手里都端了一个杯子时，老师讲话了，他指着茶几上剩下的杯子说："大家有没有发现，你们挑选的杯子都是最好看、最别致的，而这些塑料杯就没有人会选它们？"大家并不觉得奇怪，谁不希望手里拿着的是一个好看的杯子呢？

老师继续说："这就是你们烦恼的根源。大家需要的是水，而不是杯子，但我们有意无意地会去选用好的杯子。这就如我们的生活，如果生活是水的话，那么工作、金钱、地位这些东西就是杯子，它们只是我们用来盛起生活之水的工具。杯子的好坏，并不能影响水的质量，如果只将心思花在杯子上，你哪有心情去品尝水的甘甜？"

人们愈来愈不快乐，正是犯了本质上的错误：想要的太多，以至忘了生活的需要。

我们变得太过执迷于欲望的追求——职位升迁、销售业绩、收入的数字、流行的商品，孩子的笑脸、蝴蝶的斑斓色彩、夕阳的余晖我们视而不见，徐徐的清风无法触动我们，花朵的芬芳也无法在心里引起任何诗意，这样的生命怎么可能会有喜悦呢？

人长大后，总是不断地回忆着童年的天真与快乐，怀念着无忧无虑的过去。

也常听人说：好怀念以前，好想跟以前一样快乐。那以前、小时候是怎么快乐的？

当时什么都没有，却拥有最多欢乐。一只甲虫可以是快乐的理由，一个茶叶蛋可以是欢喜的原因，饮一杯水也可以成为幸福的体验。

是啊！假如我们一直把心思花在杯子上，又怎么可能品尝出水的甘甜，不是吗？

> 喜乐不是后天学来，也不是努力得来的东西，喜乐是我们生来就有的，它就在每个人心里面。只是很不幸，我们很多人都将它遗忘了。
>
> 失去了童心，也就失去了喜乐。这是你我都知道，也有所体会的。当我们年纪愈大，愈聪明世故，烦恼就愈多；想追求的事物愈来愈多，欢乐就愈离愈远。
>
> 你的成功很重要，我知道，但不值得牺牲你的幸福和快乐。否则，这样的成功，不是很失败吗？

## 欲望就像小孩

——欲望让人充满活力，也让人难以控制。

珍·古德早年在东非刚比河保留区观察黑猩猩时，把香蕉放在诱饵盒中吸引黑猩猩前来，而黑猩猩会来到盒子边拿起香蕉坐在一旁享受。为了做试验，珍·古德决定将盒子中的香蕉增加到黑猩猩一次吃不完的数量，看看会有什么后果。结果是场面一阵混乱，猩猩对抱不走的香蕉也要抢，互相打斗。

你或许会笑这群猩猩傻，又吃不下，也抱不走，有什么好争的？但是你没发现吗？其实人也是这样。

你可以试验一下，倒一卡车的名牌包包或鞋子在路上，然后说可以免费拿走，你猜场面会不会也一阵混乱，甚至有人大打出手。

没错，人不但会争吃不下、用不着、死时也带不走的东西，而且还会永远都嫌不够。

我认识一位老板，有次到他家拜访，离开时，夫妻俩送我出门。当太太打开"储藏室"，我当场愣住，因为里面竟满满都是鞋。这位老板告诉我说：里面起码有五百双，而且他太太现在还继续买。

想想看，一个人一次能穿几双鞋？一生又需要多少双？那买多余的鞋子是为了什么？是为了脚吗？但脚只要多休息，就很满足了。那么多穿不到的鞋，还继续买，是为了满足什么？是欲望，对吗？

欲望就像小孩会不断长大，你愈是满足欲望，欲望就会愈来愈大。看看你柜子里的衣服、鞋子，你可能觉得还缺了些什么。但比起你在学生时代所拥有的，现在已经多出很多了。但是，欲望就是这样，不管我们拥有什么，它都会"欲罢不能"。

曾读过一首打油诗，很耐人寻味，分享给大家。诗句是这样的：

终日奔波只为饥，方才一饱便思衣。
衣食两般皆俱足，又思娇容美貌妻。
娶得美妻生下子，恨无田地少根基。
买到田园多广阔，出入无船少马骑。
槽头拴住骡和马，叹无官职被人欺。
当了县丞嫌官小，又要朝中挂紫衣。
做了皇帝求仙术，更想登天把鹤骑。
若要世人心知足，除非南柯一梦兮。

人只要不懂得知足，就永远不可能被满足。你愈想满足欲望，它就愈贪得无厌，索求无度。

你看那些有钱人，他们还需要更多钱吗？他们根本花不了那么多钱，可是更多的欲望使他们不但放不下，还想抓住更多，就像黑猩猩一样。我想起一则寓言：

有一个贪婪的富翁，在森林里寻找一位旅客遗失的珠宝，不巧被狼抓住了。他给了狼许多食物,狼还是不放他。富翁对狼说:"你不是说,只要我供给你足够的食物,就不会吃我吗?"

"是啊!"

"我已经给你那么多的食物吃了,为什么你还要吃我呢?"

"你都没有觉得足够的时候,你想我会有吗?"

所以,当欲望不被满足时,我们不该想"要怎么去满足",而是想"为什么有那么多欲望"。

为什么你会认为应该满足自己的欲求呢?如果你的欲望让你觉得物质匮乏,让你感到不满足,你要做的,应该是限制自己的

欲望而不是设法满足它们,不是吗?

> 心理学家弗洛姆说过:"贪婪是无底深渊,人竭尽心力试图满足需求,却又永远无法满足。"
>
> 一个欲望的满足,往往象征更多欲望的滋生;更多欲望的产生,就意味着有更多的不满。这就是为什么佛家不断强调"无欲"。因为他们知道,如果欲望还在,现在就不可能快乐。当欲望没有被满足时我们会感到痛苦,满足了欲望的我们一样感到痛苦,因为满足之后,我们又会不满足。
>
> 事实上,心的不满足即是痛苦。所以,如果你想快乐,问题不在让自己满足,而在减少你的欲望。

## "富有"其实不难

——富有其实不难,就看你如何定义了。

如果你有一桶水,你可以用来泡茶、刷牙、洗脸、浇花;但你不可能又要洗车,又想泡澡,甚至灌溉整座花园,因为那是不可能够用的。

今天许多人之所以觉得物质匮乏,觉得钱不够用,都认为是因为钱赚太少,这其实只说对一半,真正的原因是自己的欲求太多。

你是否曾观察过,你的欲望是怎么来的?你看到某人买了很漂亮的皮包,那皮包是今年最新的款式,你心里的欲求就产生了,然后你就想去买同样的皮包;当广告说,某个保养品可以让你年轻十岁,你也想试试;你的同事换了新车,你又开始心动。你的欲望就是这么来的。

别人有什么,你也想要,于是金钱会变得很重要。然而我们越是把钱当作追求的目标,一旦无法达成,我们就越觉得物质匮乏,越容易对现况不满。

有个年轻人活得很痛苦,因为他总觉得生活匮乏,自己想要的东西总是难以得到满足。

有一天,他特别去请教一位高僧,并诉说了自己的苦恼。

高僧倒了杯水给他喝。看到年轻人把水喝完了，高僧便问道："这杯水给你解渴了吗？"

"解渴了。"年轻人说。

高僧拄着门前的一口池塘，问道："与那口池塘相比，这杯子里的水少吗？"

"当然少。"

"这一小杯水，能给你解渴，而那一大口池塘，却不能解除天下的干旱啊。"

年轻人听后，恍然大悟。自己之所以活得痛苦，就是因为自己的欲望太多，这也想要，那也想要，而自己的收入仅供活口，就像一杯水不可能又要浇花、洗东西，又想泡茶和泡澡，这怎么可能？

我在年轻时，也曾过得很"匮乏"，因为我一直以为，富有就是要有钱，这样才可以买到所有想要的东西。

直到我领悟到：富有与钱无关，关键要看"你有些什么样的欲求"。

比方说，我们坚持车一定要开豪车，住上亿的豪宅，这样才叫作"富有"的话，那么我们"很可能"一辈子都觉得自己是个穷苦潦倒的失意者。

如果我们硬要追求自己负担不起的东西，那只会让自己变得穷困。

反过来，如果我们认定的富有，是自己所拥有的资产，像"可支配的时间""和谐美满的家庭""健康的身体"，那么我们要变得"富有"其实不难。

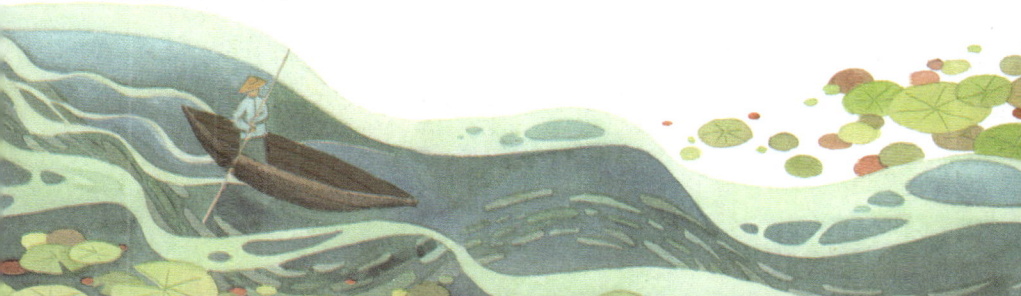

在一次聚会上,有位停薪休假的朋友告诉我:"自从我每个月收入变少后,我必须缩减家庭花费,但是我现在可以在另外一件事情上非常慷慨,那就是陪孩子的时间。"

"你会觉得不服气吗?"我问他。

"不会,有时还觉得这是福气。"他说,"还好停下脚步,才让我找回失去的东西。"

我非常佩服,他很清楚自己重视的究竟是什么。他不但拥有时间,还赚到了家庭欢乐,谁能说他不富有?

希腊哲学家克利安德见多识广,博学多闻。当他八十岁高龄时,有人问他:"谁是世上最富有的人?"他斩钉截铁地说:"知足的人。"

的确,没有一个满足的人是穷困的,也没有一个不满足的人是富有的,就看你的欲求了。

> 富有不是因为你名满天下,不是因为你位高权重,不是因为你富可敌国。
>
> 自己富有与否全凭自己的感受而定。即使自己拥有许多东西,如果内心无法感受到,也等于没有。所以,你必须先了解自己真正在意的是什么。是家庭,还是公司?是钱,还是爱?
>
> 金钱不是评断成功的标准,因为成功的定义见仁见智;贫富则看欲求多寡而定。但幸福却是由你自己决定,所以就让幸福成为"富有"的标准。
>
> 毕竟,还有什么比幸福更能定义"富有"二字,不是吗?

### 一直盯着看,就不美了!

——你愈是想到自己,你就愈不快乐。

有个年轻人最大的理想,就是希望成为有钱人。为此,他不但天天加班,赚来的钱也几乎都拿去投资。

短短几年内,他就累积了可观的财富。可是他觉得自己愈来愈不快乐,变得锱铢必较,他甚至得了抑郁症。老板察觉他的异常,建议他回老家休息几天。

返家后,他与老父亲一起坐在门前乘凉,但却仍闷闷不乐地满脑子想着:这样休假,会少赚不少钱,真划不来。

突然,老父亲指着夕阳,问:"儿子,你看,夕阳那么美,你为什么不多看几眼?"

儿子顺从老父亲的话,双眼直直望向夕阳。但不过看了一会儿,他就发现夕阳乍看之下光线柔和,但一直盯着看,光线愈来愈强,让眼睛酸涩难耐。他用力眨眨眼睛,想要看得更清楚,但眼前渐渐只剩下一片刺眼的红光,其余什么也看不到。

男子于是闭上眼。老父见状,问:"你怎么不看了?难道夕阳不美了吗?"

"一直盯着看,就不美了!"

"那你现在不要看夕阳,看看旁边的风景吧!"父亲说。

男子照做了。他张开眼睛,看见一望无际的稻田,在夕阳照射下散发出温暖的光芒,天空几只白鹭宁静地飞过。不经意之间,男子眼角的余光又看见了夕阳。

他惊讶地发现,刚刚刺眼的夕阳,又恢复了柔美。"真美!"男子忍不住发出赞叹。

"孩子,人生也是如此啊!"老父拍拍儿子的肩膀,"如果你的眼睛一直盯着'我'看,最后'我'反而会消失;相反,当你看着'别人'的时候,你也会同时看到'我'的美丽与伟大。"

你一直想自己,自然会变得封闭,你很容易就陷入"我执",陷溺在自己的焦虑、愤怒、痛苦、挫折、抑郁、嫉妒和怨恨里面。你愈是想到自己,你就愈不快乐。

当你感到快乐时,你注意一下,你将发现你是无我的。是的,在那些快乐、喜悦、幸福的片刻,突然间自我消失了。这也是为什么许多人在无私奉献、做义工之后,会觉得很快乐的原因。

给别人散播花香的人,自己也会沾上一缕花香;为别人带来阳光的人,自己也不会被排除在外。

如果有一个美丽的事物，你能够一直看多久？你的眼皮终究要合起来，你不得不休息。一瓶喜欢的香水，你能够享受多久？你能够一直把鼻子放在香水里吗？如果你喜欢吃冰激凌，你能在胃里面塞下几个呢？你能够享用多少甜甜圈？十个、一百个、一千个。如果连着吃，你迟早会厌恶的。

　　自己吃只能吃到一种味道，与人分享，可以享受到不同的味道。独自欣赏是一种美，但与人分享更美；独自品尝是一种快乐，但与人分享更快乐。

### 什么都没有，真好！

——如果你什么都没有，问题也没有，也就没有什么好抱怨的了。

常听到许多人埋怨，哀叹生活中的一些芝麻小事。

仔细思考，觉得这些人实在不了解生活中能够发生这些小问题是多么幸运的事，我们应该庆幸于自己拥有这些问题才对。

简言之，我们对自己所拥有的一切，缺乏一份感恩。

怎么说呢？比方说，你常抱怨某些问题，但是当你说你"有问题"时，那就表示你拥有些什么，不是吗？若没有车子，就不会有车子的问题；没有小孩，就不会有小孩的问题；没有房子，就不会有房子的问题；没有工作，就不会有老板和同事间的问题。所以，我们应该感谢问题。

不要因为事情麻烦而抱怨。你的收入多就是因为工作麻烦。有些人不需要负什么责任，没有什么麻烦，报酬也就少。若不是难缠的工作，别人很可能早就取而代之，不是吗？

你或许有经济的问题，或许欠一屁股的债，但还是应该感恩。

如果没有人愿意借你钱，你又怎么会欠钱，对吗？

好吧!那如果一无所有呢?难不成也要感恩?

没错,你也应该感恩。

说一则有趣的故事:

有一个顽皮小童无所事事地四处游荡,有一天见到在山上潜心修行的禅师,兴起了吓唬他的念头。于是,顽皮小童装成无头的怪物走到禅师的面前。

禅师轻描淡写地说:"真好,没有头就不会头痛了。"

顽皮小童很无趣地走开,之后又装成一个有头有脚,但是没有肚子的怪物,心想:这一次一定可以把禅师吓到。

禅师看了看说:"好棒,没有肚子就不会肚子饿,再也不用费心找食物。真是幸福!"

顽皮小童气呼呼地走开,想了好久终于想到装成一个没有五官的怪物,不信还吓不到禅师。

禅师还是淡淡地说:"没有耳朵,就听不见扰人的噪声;没有眼睛,就看不见人间的丑陋;没有鼻子,就不会流鼻水;没有嘴巴,就不用辛苦地说话,真是值得高兴。"

顽皮小童再也没辙了,只好认输离去。

如果你什么都没有,问题也没有,也就没有什么好抱怨的了。

如果你有水喝,有床睡,有工作做,有房子住,那就别再发牢骚了,你只是忘了要感恩。

在一次台风来时,有个乞丐父亲和儿子看见这场天灾。

"爸爸,很多房子都被水淹了!"

"嗯,不单是房屋,装潢、衣服、车子都泡汤了。"

"还好,我们没有房子,也没有东西,不必为被水淹操心,也不会蒙受损失。"

什么都没有,就什么都不会损失。

有位教授曾在一年内遭窃三次,之后他有感而发地说:"我们怕被偷、被抢,直到一些值钱的东西越来越少,我才领悟,家徒四壁已无可偷,反倒自由自在,无牵无挂。"

什么都没有,真好!

### 得其实是失，没有就是有

——没有，其实拥有得更多。

人都以为"有"就是得，一旦"没有"就感觉失落，这是一般人普遍的迷思。

事实上，当我们拥有时，失去也同时发生。

拥有一位伴侣的同时，也失去了属于个人的空间和自主；得到一份工作时，也同时失去了某些时间和自由；拥有了成人的某些权利时，也同时失去了身为孩童的某些权利。

而失去的同时，往往也表示得到新的可能。失去了健康，也许找回了亲情；失去一个不爱你的人，也许找到你真爱的人；失去工作，也许创造出其他事业。

得失都是相对的。庸庸碌碌的小人物，虽然没有闲钱，但日子却很清闲；拥有大公司和大别墅的大老板，可能什么都有，却没有空闲。

所以，"有"不见得是好的，"没有"也不见得不好。可惜的是，世人总是被外在、有形的东西所迷惑，都太执着于"有"，以致看不出来"没有"其实也是一种拥有。

我认识一位朋友，他非常喜欢武岭清境优美的风景，为了能享受这片美景，他在附近买了一片土地。不过，自从买了地之后，他每次到这个地方的心情跟以前大不相同。在未买地之前，他的心跟整片大地合为一体，买了地之后，他发现自己的视野反被一小块土地限制住了。

他原本希望买了这片土地后，能更接近这片美景，没想到拥有之后，自己所看所想都是这片土地，反而跟美景越离越远。于是他决定把土地卖掉。他领悟到了：精神上的拥有，比实质上的拥有重要！

一块土地需要整地、除虫、除草，要防泥石流，还要规划怎么利用，但是自然美景不必花心思，不花一毛钱，随便你享受。

公园附近的土地你买不起，没关系，你可以直接到公园享受。有专人会帮你整理打扫，帮你整修花木，又不用付费，那不是很好吗？何必非拥有不可？

你家对面的房子外观比你家美，没什么好羡慕的，你只要打开门窗就能欣赏，住在房子里面的人反而看不到。

你买不起别墅或贵重的古董，也没什么好感慨，只要你有时间，它们就是"你的"，可以随你观赏。

没有，其实拥有得更多。对一个两手空空的流浪汉来说，虽然他什么都没有，但也等于拥有全世界。

大地是床，石头是枕头，树木是遮阳伞，草原是地毯，天空是天花板，太阳是电灯泡，河流是游泳池，鸟啼声是闹钟，车水马龙是交响曲。就像苏东坡所说："惟江上之清风，与山间之明月，耳得之而为声，目遇之而成色，取之无禁，用之不竭，是造物者之元尽藏也。"

如果你能领悟"得其实是失,没有就是有"的智慧,你的生活也将随之丰富多彩,心情也会变得豁达开朗,不再患得患失。

> 每个人都有一个宝盒,如果你的宝盒都装满了,你当然很难装得下其他东西,除非你先拿出一些东西来。正所谓"有得必有失"。
>
> 而如果你的宝盒是空的,那表示你还有很多空间,表示你装任何事物都可以。正所谓"没有就是有"。

## 什么都有，所以才不快乐

——什么都没有，什么都可以快乐。

在《一分钟寓言》这本书里，我读到这则寓言。

富有的国王有一个不快乐的王子，国王不知道王子为什么不快乐。

有一天，他问王子："你什么东西都有了，为什么还不快乐呢？"

王子说："就是因为我什么都有了，所以我才不快乐。"

不快乐的王子要找快乐。

有一天，他遇到一位快乐的樵夫。

王子问："为什么你什么都没有，还会这么快乐？"

樵夫说："说我什么都没有？我吃的饭和你一样多；我睡的床和你一样大；我做的梦和你一样美；你不能自由自在地到处游玩，我可以；你不能随随便便地躺在地上看云，我可以。所以，为什么我会不快乐？"

王子问："你那么穷，为什么会那么快乐？"

樵夫说:"你说我穷,你比我还穷。"

"我比你穷,这话怎么说?"王子一脸怀疑。

"你是王子,以后会变成国王。如果再多拿一个国家来跟你换你现在拥有的自由,你肯不肯?"

"当然不肯。"

"那自由是不是比国土还珍贵?"

"是的。"

"我比你自由,你想我会比你穷吗?"

不快乐的王子问快乐的樵夫:"你只有一间破茅屋,我有一座大宫殿,为什么你比我快乐?拿我的宫殿换你的快乐,

你肯不肯？"

"不肯。所以，你不快乐。"

很有意思的一则寓言。

有钱人很难快乐，因为他们什么都有，所以"没什么"值得快乐。

穷人比较容易快乐，因为他们什么都没有，什么都可以快乐。

> 一个人会穷，不是因为他缺少了什么，而是因为他不知足。
> 一个人富有，不是因为他拥有了什么，而是因为他很满足。
> 有钱的人未必是快乐的，但是，没有一个快乐的人一定是贫穷的。

## 拥有愈多,感觉愈少

——如果已经灯火通明,即使多点几支蜡烛,你也不觉得变亮。

有个人在贫困的时候,吃一碗猪脚面可以回味几个星期。

后来,当他生活富裕之后,他再去吃猪脚面,总觉得没有当年好吃,吃多了还觉得反胃。

同样的东西,对于不同需求状态的人来说,其幸福效应是不一样的。

也就是说,人从获得的东西中所得到的满足感,会随着所获得物品的增加而减少。

我们多数人都有一种迷思:以为拥有愈多,感觉就愈好;以为有钱人会比较快乐。

事实正好相反。

一个穷人用几百块就能得到的快乐,当他有钱后,他可能要花几万块,甚至几百万才能得到同等的快乐。

有一个关于穷人和富人的故事。

富人有十万元,而穷人只有一千元。

穷人和富人都买了五元一张的彩票，结果都中了一千元奖金。不同的是：穷人乐得几乎跳了起来，因为他的财富又增加了一倍；而富人却没有任何感觉，他还遗憾自己未得到更大的奖。

给一个缺钱的人一万块，另外再给一个富豪十万块，你想谁会比较快乐？

一定是那个缺钱的人。

那个富豪得到的虽然比较多，但因为他太有钱了，也就觉得没什么。

没错，口渴的时候，水最甜，如果喝很多水之后，或者喝完饮料再喝水，就会觉得水一点都不甜；当你肚子很饿的时候，一个馒头，那是美味，但当你吃了太多个馒头后，你就会觉得食不知味。

这就是为什么有许多人回顾过去，都觉得他们一生中最快乐的时刻，正是他们艰苦奋斗，逐渐摆脱贫穷的时候。

原因是当人一无所有的时候，只要拥有些什么，就能让人觉得幸福和感激；后来什么都有了，反而失去先前的感觉。

这些年你觉得自己的快乐越来越少，很可能不是因为你缺少什么，而是你拥有的越来越多，反而越来越难满足。

如果已经灯火通明，即使多点几支蜡烛，你也不觉得变亮，情况就是这样。

第一次吃糖感受最深，体验到的感觉最幸福，之后愈来愈觉得没什么。因此幸福只是一种感觉，与得到多少无关。

许多人常认为：没有钱要怎么快乐？其实，快乐和钱的多寡无关，而且钱愈多的人通常愈难快乐。

俄国文学家马克西姆·高尔基说得对："谁需要的愈小，他的幸福就愈大；谁期望的愈少，他的快乐就愈多。"

一个富豪得到几百万元，他的幸福可能还不及一个得到一万元的工读生。

## 只有感受到的,才是拥有的

——拥有不如享有。如果你懂得去感受,又何必要拥有?

富有有两种,一种是数字上的富有,一种是自己感受到的富有。一个人富有与否完全凭自己的感受来决定,即使我们拥有某些东西,如果内心无法感受到,也等于没有。

人所追求的都是自己没感受到的。

比方说,有些人没感受到爱,就会去追求被爱;有人没感受到富有,就会去追求富有。

但是富有是一种感受,并不是存折上更多的数字,这就是为什么有些人虽拥有很多,却始终没有富足、美好的感受。

我们所追求的本质并不是一种事物,而是一种内在的感觉。你想养一只狗,不是因为闲着没事,而是因为它能带给你某种感受,比方愉快、安慰、幸福、活力,这才是你真正想要的。

你想拥有一个伴侣、一栋房子也一样,如果你没有一份特别的感觉,拥有与否又有什么差别?如果你的感觉都一样,甚至拥有之后感觉更糟,那又何必麻烦呢?

有人嫁入豪门后，为什么不幸福？

因为婚姻幸福的感受是在感情，不是金钱。

有人换了新房子，为什么没有更快乐？

因为房子是让人拥有安全和享受乐趣，如果房子不够安全，或是房贷负担太重，又怎么能感受到快乐？

把物质摆在心灵之前，等于是把马车放在马儿的前面，也就本末倒置了。

所以啦，要有感受，也不一定要拥有什么。小孩子什么都没有，反而比大人快乐，不是吗？

当我们还小的时候，即使最平常的事都能让我们感到雀跃。我到现在都还能记起，小时候第一次到海边时的喜悦，当时内心感受到的悸动。

我也记得以前陪小孩爬山，原本想找甲虫，结果在山路上看到了老鹰、猕猴，抓到了金龟子和天牛，即使已经时过境迁，这种计划之外的惊喜却仍然"常在我心"。

没错，只要感受到的，就是拥有的。

我想起唐代有位贾岛禅师，是很著名的诗僧。

一天，有人特地去探望贾岛禅师，正巧禅师不在，侍者说："师父上山采药去了。"

"常常去吗？"

"是的，常常上山采药。"

那人实在想不通，山上有什么好的，为什么禅师常常上山。

又一日，那人遇到贾岛禅师，问道："听说你常常上山采药？"

禅师回答："是的。"

那人问："山中有何乐趣？"

禅师说："山中有白云，有清风，有鸟鸣。"接着，他又说："很可惜！那一片片飘动的白云，我没有办法用袖袍带回来送给您。"

那人一听，深深感受到禅师心中的欢喜。

其实，只要我们用心感受，随时随处都可以拥有欢喜。每一个春天，繁花盛开；每一个秋天，枫叶转红；每一个早晨，旭日东升；每一个傍晚，晚霞满天。这不是现在才发生的，而是一直都在。只要我们有心去欣赏白云、倾听鸟鸣，去感受清风吹拂，何处不欢喜？当我们能感受到生命的丰富和喜悦，又怎么可能不富有呢？

拥有不如享有。如果你懂得去感受，又何必要拥有？就正如你不一定要拥有太阳，才能享受它的光彩；不一定要拥有夜空，才能欣赏灿烂星辰，不是吗？反之，如果你不懂得去欣赏、去感受，那拥有跟没有不是一样吗？

别再忙着去追求了，你没发现到吗，就是因为你太在乎追求，反而让你意识不到自己早已拥有的一切。

了解本质，才能找出根本问题。

也许你对你的物质生活感到满足，你可以静下来想想："我的满足是怎么来的？"

也许你认为要得到什么才感到满足，请静下来想想："这些东西真能带来满足吗？"你可以检视内心："满足到底从何而来？"

一旦你了解满足并不只是靠外在事物，你就能享受物质充裕所带来的富有，同时享有心灵的富足。

## 感觉自己在飞,其实是在下坠

——用一个空虚的心灵寻找快乐,所找到的,也只是快乐的替代品。

你还记得你的第一辆新车吗?还记得初次开着那辆车的兴奋之情吗?大家是否和我一样,会在刚拥有新车的头几天,不时地观赏,如果有人称赞你的新车好看,就会令你神采飞扬?

但是后来呢?大家应该很清楚接下来的情况:不久我们就会开始习以为常。一阵子以后,当我们开车时,我们就再也没有任何兴奋或快乐的感觉,对吗?

我们可以在每天的生活中看到自己经历同样的过程,比方加薪、升职,得到同事认可、赞美,买到新鞋或喜欢的包包。这些都曾让我们雀跃不已,但是很快,我们的情绪又回到原点。

再如聚餐喝酒、吃美食、大采购等,这些享乐常让人觉得美好快乐,但是随后沮丧和空虚的感觉却排山倒海而来。换句话说,所有的快乐都是短暂的,它们不能也不会持久,甚至还会转变成痛苦。

这就是为什么禅师会说,即便快乐也是苦。快乐与不快乐事实上是同一件事,只是人们常受时间造成的假象的迷惑,才会以为它们是分开的。

就像跳伞的人,感觉自己在飞,事实上是在下坠。

其实,所有的快乐都是在下坠。

外在的追求都是短暂,且无止境的。用一个空虚的心灵寻找快乐,所找到的,也只是快乐的替代品。

池塘的水是由内向外而溢的,真正的快乐也是由内在泉涌而出的。

想要得到喜乐,我们就必须深入内心。当一个人领悟到这点,他就变成一个求道者,开始从外走向内,整个向内走的过程就是一个求道的旅程。所以许多人会透过静心、禅坐,帮助自己回到内在——真正的本原。借着发现本原,一个人便发现了永恒的喜乐。

快乐就像水龙头,而喜乐则是水塔里的水。水塔里面有水,只要打开水龙头就会有水;如果水塔没水,即使换再多的水龙头,它还是没有水。

有钱可以买新车,可以雇用一个司机,但是坐在车里的还是同样的你。如果你内心没有快乐,就算换再多新车,甚至换成飞机也没用,不久心情一样会掉下来。

> 喜乐往内走,快乐往外走。向外走就是向下走,这就是我们常在欢乐或享乐之后,情绪非但没有变好,还可能往下掉的原因。
>
> 喜乐是发自内心的,不假外求,它的根源就在自己的心中,这就是为什么一些小孩和成道者不需要什么理由都可以很快乐。
>
> 许多人都把快乐和喜乐搞混了,努力向外追求快乐,反而把自己越带越远。

## 没发现,所以需要上天提醒

——人类的不幸就在于,不知道自己是何等幸福。

人在遭逢不幸,不论是生病、事业不顺、婚姻失败、遭受灾难等,常会生出造化弄人的感慨,却很少有人领悟到:老天其实是要借由这些事情,让我们看到自己拥有的幸福。

这听来有点吊诡,却是事实。因为人们总是身在福中不知福。

你有一份薪水尚可的工作,有一个还算健康的身体,还有几个爱你的家人和朋友,你有觉得幸福吗?还是认为这没有什么?

我们对拥有的事物都太习以为常,甚至对平凡无奇的生活感到厌烦。等有一天你工作不保,生了大病,或是所爱的人不在了,你突然好想回到过去,你就会明白我在说什么。

有一位失去视力的病人,他告诉我说:"我愿意以一切换取视力。若有朝一日让我恢复,那将是上苍最大的恩赐。"

有个怀孕五个月的妈妈,冒着胃癌的危险,打算生下孩子。在生命危急之时,她乞求着:"我不再跟你要求什么了,只求你让我的孩子活下去!"

我也见过一位因车祸而全身瘫痪的病人，没想到在一次用电波刺激法进行复健之后，几年来连动都无法动的手，竟然能慢慢地伸起来，跟大家挥挥手！周围的人都为他叫好，他自己也兴奋异常，父母亲在一旁也高兴地掉下泪来。

手能动，看得见，生孩子，这不是很理所当然的事吗？但你可知道，在我们周遭有多少人，最大的心愿，只不过是乞求上天，让他们有一天能看得见或站起来，有的人甚至能多活几天就觉得很感激。

倾听一些病人的谈话，总让人对幸福有不同的体会。

其实，我们早就拥有幸福，只是没发现，还需要上天来提醒。

俄国文豪陀思妥耶夫斯基说过："人类的不幸就在于不知道自己是何等幸福。"

不幸的由来，乃在看不见自己是幸福的；

不满的由来，则是不知道自己早该满足了。

大多数美好的人事物，人们总要到失去或太迟了，才惊讶地发现。

为什么不现在就发现？

## 你的快乐有哪些"禁忌"？

——想快乐，你现在就可以快乐。

你有没有怀疑过，为什么人长大以后，似乎失去了所有的欢乐和喜悦？

你看看周遭那些年长的面孔，是不是很阴郁、很紧绷，总是拉长着脸，一点笑容都没有。如果你去问他们："为什么？"得到的回答通常是："又没有什么好高兴的。"

回忆童年，在欢乐声中，常会听到大人喝止："有什么好高兴的，玩那么疯！"因而我们隐约学到如果没特别值得高兴的事，也就没什么好快乐的。若家里有人不开心、不如意，则大家更不能或不应该快乐。快乐似乎成了一个"禁忌"，人必须达到某种理想状况才能快乐，否则就不应该快乐。

于是，长大后我们也开始给快乐设下了"禁忌"——必须先考上某个学校，必须先找到好工作，必须先买到房子，必须先找到另一半，或是必须先存多少钱，必须先减多少体重，才允许自己快乐。这就是人们失去欢乐和喜悦的原因。

因为在达到目标之前，我们需要一些时间，一年、两年或更久；

因为事情总是无法尽如人意，我们必须做许多努力。在这段时间里，我们将很难快乐，对吗？如此，快乐就像驴子前面的胡萝卜，永远可望不可即。

这让我想起希腊神话里的西绪福斯——命定要推石上山，然后无法阻挡石头再度落下。

曾有人怀疑过：西绪福斯愚蠢，如果他早知道这是个笑话，还会不会继续傻傻地搬运那块石头？

我则怀疑西绪福斯不但蠢，还是个无趣，又死脑筋的人。因为就算推石上山是命定的，他也可以欣赏石头的纹路，看看路边的野花，听听虫鸣鸟叫，或是唱歌、吹口哨，又没听说惩罚的项目里有这些"禁忌"，对吗？

其实，不管我们现在处于何种状态，顺境也好，逆境也罢，我们都有权利让自己现在就过得好，过得开心。谁说你不可以带着坏心情出去逛街或去泡温泉，这两者一点都不冲突。

要不要快乐是自己决定的——生病时可以快乐，穷的时候可以快乐，甚至死的时候也可以快乐——为什么要被外在环境主导？

如果抓不到兔子，还有温暖的阳光与幽香的树叶；如果钓不到鱼，还有河岸风景与草上发亮的露珠。何必限定自己只有抓到兔子或钓到鱼才能快乐？谁规定的？

试想，当你达成目标时，你很快乐，那是谁要你快乐的？根本就是你自己，对吗？

我问一个学生:"你快乐吗?"

他说:"我正在努力,等有一天我就会快乐了。"

我说:"你应该一直快乐的,为什么要等待?"

学生毕业后,我再次问:"你快乐吗?"

他说:"等我赚到一笔钱时,我就会快乐。"

我说:"何不让我们跳过那一关,现在就开始快乐吧!"

他笑了!

想快乐,你现在就可以快乐,有人在挡你的路吗?

## 快乐，就是放下你执着地认为能使你快乐的东西

——当你用心活在现在，享受现在，快乐不找自来。

生命是一场寻找——一场不断的寻找，一场不知道为什么的寻找。

不管你拥有什么、你没有什么，寻找都在持续。低位的在寻找，高位的也在寻找；没钱的在寻找，有钱的也在寻找；病痛的在寻找，健全的也在寻找；愚者在寻找，智者也在寻找。然而因为一直还没找到，所以大家仍在继续找。

小孩子认为自己长大以后就会更有力量，还能做更多自己想做的事，于是他们开始寻找。但是当他们长大，并没有找到力量，反而发现自己的无力，还得做更多不想做的事。

单身的人认为结婚以后会找到幸福，结婚的人认为如果一个人或有孩子会更美好，有孩子的人则认为等孩子长大独立以后，他们会更快乐。但他们找到了吗？那些找到伴侣的人，他们找到幸福了吗？那些有小孩的人，或独身的人，真的比较快乐吗？好像并没有，对吗？

没钱的人认为有钱以后会更快乐，因此他们努力寻找。当他们

已经得到一百万，他们还是无法快乐，因为他们想要一千万，必须继续寻找。

但是你认为他们真的能找得到快乐吗？不，当一千万有了，那个"数字"会不断增加，他们会继续寻找，从一千万到一亿！他们并没有因为有钱而富有，反而因为那一亿而变穷。

公司的职员常会想："等我当上经理以后，我就会快乐。"他不知道，公司的经理也在想："如果我成为董事长，我就会快乐。"而董事长则想："等公司扩展到全世界，我就会快乐。"

但是他们真的找到了吗？并没有。就算拥有世界性连锁企业的总裁，也很难是快乐的。因为要管理如此庞大的企业，经常要坐飞机到处视察、听简报，还有开不完的会。即使体力和健康每况愈下，他们又怎么能说放就放？他们开始羡慕起公司里的员工，因为员工只需要上班、领薪水，然后快快乐乐地回家睡觉，多么轻松自在啊！

他们现在已经成功了，但是为了这个成功他们已经浪费掉大部分人生，然而快乐还是没有出现，只有深深的挫折感。如果失败了呢？那就更不可能快乐。这就是为什么美国第六任总统约翰·昆西·亚当斯在死前会感慨说："我一辈子都花在无益的渴望上。"

还有像亚历山大、洛克菲勒，这些全世界最有权力和最有钱的人也都感慨过：自己不快乐。为什么？

因为就算你赚到所有的钱，也拥有你所要的一切，你还是此刻坐在这张椅子上的你。那些"快乐"都是我们虚构的故事，那只是我们的想象，所以我们才会一直找不到。

有一则老故事，许多人应该听过：

有个老先生，他一辈子都在寻找快乐，但是一直都没有找到，他的心里充满愤懑，每天都绷着脸。

但是突然有一天，他改变了。他变得亲切开朗，脸上也布满笑容。周遭的人都觉得不可思议。于是，有人问："怎么回事？您怎么突然变成另一个人似的？"

"我受够了，"老先生说，"我一辈子都在找寻快乐，但都没找到。所以，我决定了，不管有没有找到，我都要快乐。"

不管有没有找到，我都要快乐，这就是如何才能快乐的答案。快乐，就是放下你执着地认为能使你快乐的东西。没错，当你用心去寻找快乐，你往往找不到；然而当你用心活在现在，享受现在，快乐不找自来。

> 不管你想找到什么，是幸福、美好，还是快乐，寻找，你将错过；不再寻找，你就会找到。
>
> 因为你会寻找，就表示你觉得眼前不够美好；你想寻找，就意味着它们并不是跟你在一起，对吗？
>
> 所以，打从一开始，你的寻找就注定失败。
>
> 作家欧本海姆说得对："愚蠢的人向远方寻求快乐，聪明的人在脚下栽种它。"
>
> 因为你试着要寻找的东西，其实就隐藏在你心里面。

### 吃饱了，为什么还觉得饿？

——心灵的饥渴是无法用物质填满的。

要是你饿了，有人告诉你"不要再想食物了"，这样就能让你止饥吗？我不这么认为，你必须先吃饱。但是如果你已经吃饱了，却还一直想吃，那可能就不只是饿的问题了。

人的内在似乎存有一个缺口，好像永远都填不满。当你还是孩子时，你爱好吃冰激凌、巧克力，你想："要是有吃不完的冰激凌和巧克力，那我一定会乐翻。"现在冰激凌、巧克力你可以随心所欲地吃。你有乐翻吗？并没有，冰激凌和巧克力被房子和车子取代了。或许你已经有轿车和房子，但你现在又想要休旅车和别墅。

人生的悲哀就在这里。我们总是以各种自欺欺人的把戏来填补心中的空虚，或许是食物、金钱、权力、名气、房子、车子等任何东西都可以。但是当我们得到了，空虚依旧存在。

如果你想不透这个道理，不妨看看八卦杂志！为什么那些有钱、有名的人，总是跟离婚、抑郁、酗酒或吸毒扯上关系。答案是，内心不满足。

为什么不满足？因为满足不是靠外在的事物，而是内在的感觉。世上的功名利禄只能给人光鲜亮丽的外表，而人的内心还是空洞的。

我们常以为生活就是生命的全部，以为生活的满足就能满足一切。这当然是错的，生活丰衣足食，生命不见得平安喜乐；平安喜乐的人，生活不见得丰衣足食。

所以，我们必须先厘清什么事物能带来"生活"的满足，什么事物能带来"生命"的满足。从内在去探索并检视，这点很重要。

检视你从小到大，你要东要西，但你可曾满足，是不是不久之后你又觉得好像少了点什么。

想想看，这些事物为什么总是只能让你得到暂时性或阶段性的满足？为什么无法让你得到真正恒常的满足和喜乐？

再想想，你为什么来到人世？只是为了生活，为了付水电、煤

气费，为了缴贷款而来的吗？生命中一定还有某些东西被我们遗忘了，那到底是什么呢？

别指望物质上的东西可以满足你或完美你的生命，这是不可能的。吃一大桶冰激凌或拥有几百个名牌皮包就会让你的人生变完美吗？得到漂亮的休旅车和别墅就会让你的内心平安喜乐吗？别再骗自己了。心灵的饥渴是无法用物质填满的。

> 空虚是人感觉到内在的缺失。你或许可以拥有所有想要的东西，但是你怎么能够将它们带到心里面去填补那个空虚？
> 
> 不要一味向外，你必须转一百八十度，开始向内寻找。
> 
> 对幸福的渴求在你的内在，平安喜乐也在你的内在，能填补你空虚与满足生命的"食物"，同样在你的内在。

### 对象没变,是好恶改变

——自己的心才是造成痛苦的主因。

买到一件喜欢的衣服,会让人感到兴奋快乐,这种连接让我们将衣服和快乐画上等号。但是衣服本身并不具有制造生理愉快的化学成分,真正原因是我们的喜好。不喜欢那件衣服的人,就不会有特别感受。

你也完全可以把衣服换成其他东西,比如对某个人来说,人际关系是快乐的关键。见到某个喜欢的人,我们就觉得高兴,每一次他或她出现在眼前,我们心中就欣喜愉悦。但是这个人,对某些人来说可能一点感觉都没有,有些人甚至会对他生起憎恨。

可见,我们对人事物的好恶,都是内心主观的判定。

我们认识一个人,起初他只是陌生人,我们可能完全不在意,但经过一段时间他变成我们的朋友,我们毫不怀疑他的善良、可爱——如果有人怀疑他,我们还会为他辩护。

但经过一段时间以后,情况可能又改变了。也许他不再顺我们的意,或是表现出令人讨厌的行为,不管什么原因,他现在完全不一样,而我们以前对他的喜爱全被厌恶取代,和他相处的体验也从快乐变成了痛苦。

所以,我们很容易就可以清楚地看到,我们之所以厌恶和受苦,并不必然是因为对象发生了任何变化,而是因为我们的态度改变了。

再如,有一天我们心情很好,散步到公园,觉得所有的景致都好漂亮;另一天我们心情不好,散步到公园,又觉得不美。这显示公园的美与不美,都不是由外在主体决定的。

一件新衣在刚得到时爱不释手,以及一段时间之后变得平淡无奇,这两种感觉其实都取决于我们的心。

同样的,大家应该都明白,令我们生气的真正原因,也在于我们的心。偶尔,我们跟某人原本好好的,但是突然想到对方做了让我们憎恨,或对不起我们的事,整个情绪就都上来了。

有时,我们正要对某人发脾气,脑海却突然闪过他过去善良的念头,于是我们转化了态度;当我们记忆起他曾为我们的付出,或对我们做过的好事,憎恶的感觉也烟消云散。

在不同的心境里,我们看到同样的人事物,我们却呈现不同的面貌。

我们大多数人都曾遇过这样的情况:有些人因为一点小事就抓狂失控,而有些人则平静又有耐心。由此可见,我们面对发生在我们周遭的事情的态度很重要。

如果你知道心是怎么回事,以及它是怎么运作的,下回当某人或某事让你厌恶、让你觉得生气时,你就不会一再责怪别人。你要明白自己的心才是造成痛苦的主因,而对方只不过是次要的原因。

你是否观察过，外境会随着你的心境而改变？

你可以回想一下，当你心情好的时候，是不是任何事都让你觉得赏心悦目？即使那时发生一些状况，你可能也不会在意。然而，如果同样的状况发生在你心情不好的时候，那结果就完全不是那么回事了。

每个人看别人、看事情都是主观的，被看的对象只是一个屏幕，当你喜爱的时候，你看到的是一个影像；当你厌恶的时候，你看到的完全会是另一个影像。一样的屏幕，只是投影不一样。

你没看出来，那是因为你已被自己的好恶所迷惑，被自己的执着所蒙蔽。

### 你想做，还是不得不去做？

——做事要跟随你的喜好。

这世上的事情可分成两种：一种是你想做的，另一种是你不得不做的。

我们做每件事，之所以快乐或痛苦，是享受或负担，关键都在这里。

如果你学过琴或其他才艺，你就了解，如果是你自己想学，学习的过程就会充满乐趣；然而当你是被逼迫，不得不学，那整个过程一定苦多于乐。

如果你想游泳，就算泳技不好，碰碰泳池的水也能让你乐在其中；如果你不想游，那么从换泳装，到起来还要吹头发，整个过程就成了负担。

我们常看到有人做事无精打采，拖拖拉拉，做得心不甘、情不愿，那都是因为"不得不做"——因为已经报名，所以不得不去上课；因为要养家活口，所以不得不工作；小孩、父母，不得不照顾；因为女友要求，所以不得不去陪她。有了这种想法，即使快乐的事也变成痛苦的负担。

今天电梯坏了，你的女友住在十五楼，怎么办？如果你想见她，十五楼不算什么，就当运动强身。

可是如果你想的是："没办法，已经答应她，不得不去。"这么一想，就意兴阑珊。即使很勉强地爬上去，你也是拖着沉重的脚步，见到女友后甚至还抱怨连连。去了比不去还糟。

我们都不喜欢人们为我们做事时，是出于无奈，即使他们心里这么觉得。

想想看，如果你生病，你的朋友来看你，却对你说："我已经来看你了，别再说我不够朋友！"你听了会有什么感受？

有人答应你的邀约，却又说："你知道我有多忙吗？我是看在你那么有诚意，才答应！"你会觉得高兴吗？

所以，既然要去做，就应该快快乐乐地去做，否则宁可不做。

多数人面对工作时，都不快乐，也是因为大家将工作视为"不得不做"的事。你去看看那些收银员、餐厅女侍、公交车司机、护士，有几个是快乐的？

人们常认为是因为工作、负担，所以自己才不快乐，这是本末倒置了。真正的原因是你没有把自己的热情投入，是你把它当作不得不做的，所以它才会变成一种负担。

股神沃伦·巴菲特的学生曾向他请教成功的要素，巴菲特说："我和你没有什么差别，真要找出一个差别，就是我做我爱做的事情。"

你的工作难道不是你自己选择的吗？没错，你必须先爱上你所做的事，否则你将很难成功，更不可能快乐。

生命应该成为一股热情，应该充满朝气活力。不管你做什么，都不要死气沉沉的,不然就别做,因为没有什么是你的责任或义务。

责任和义务是很缺爱的字眼。

当一位母亲对孩子说:"是我把你养大,你有义务养我。"当太太对丈夫说:"我是你的太太,你有责任照顾我。"这代表什么?当人强调责任和义务,履行那些"不得不做"的事,那是因为没有爱。

没有爱,才会有责任或义务的问题。

爱一直都会觉得:"我做得不够,我可以多做些什么。"而责任呢?责任一直都会觉得:"我做得已经够多了,这样还不够吗?"如果你爱一个人,会感觉有莫名的负担,而被爱的人也感觉到有一种负担,那么这种你所谓的"爱"就是责任或义务,而不是真爱。

当你真正爱一个人,当你真正做自己想做的事,你会很喜悦,很享受,你会充满热情。

高尔基说得对:"当生活成了一种快乐,生命就是喜悦;当生活成了一种责任,生命就是奴隶。"

如果你觉得生活苦多于乐,负担多于享受,那你就必须好好想想,你是不是做了太多不得不做,而忘了去做想做的事。

如果你所做的事,是别人要你去做,或你不得不去做的,你就不是主人,而是奴隶,那是不可能快乐的。

有一件事大家务必要牢记：做事要跟随你的喜好。唯一比你做的事更重要的，是你在做这件事时的感受。

要出于乐趣去做事，绝不要出于责任去做事。能为你带来乐趣的事，一定会为每一个人带来乐趣；而为你带来痛苦负担感的事，早晚也一定会为别人带来痛苦负担感。

所以，绝不要做你不想做的事。如果那件事真的非做不可，那就试着把它变成你想做的事吧！

### 好环境,不如好心境

——除非我们把快乐带在身上,否则我们是找不到它的。

我曾参加一个必须外宿的研讨会,其中一个参加者对许多事情不断抱怨,她不喜欢她的室友、餐厅,对房间更是不满:"这床太硬,浴室太小;在角落里,我看见一只蜘蛛,喔,不,我讨厌蜘蛛。"她觉得这整个地方太简陋了,缺乏舒适的环境。

活动结束后,她就和另一个参加者一起住进了另一家豪华的饭店。据她的室友说,她在那里仍然找到许多不喜欢的事情:东西太贵,迎宾水果坏掉,还有停车的地方距房间太远。

在一些疗养院,我也发现类似的现象。大厅里通常有两群人,一群人在那里下棋、玩牌,向进来的人打招呼,他们看起来愉快而且友善。另一群人则绷着脸,总觉得每个进来的人都有问题,他们会向访客抱怨:

"这里的伙食像猪吃的一样!"

"你有没有听说他们怎么乱花我们的钱?"

"你知道我儿子多久才来看我一次吗?"

这群人总是满腹牢骚。

让我们回顾一下前面两个例子，很显然带给人们不愉快的不是居住的环境，因为在同样的环境，有些人并没有同样的问题，对吗？

当我们对环境不满，或是面对跟自己有麻烦的人物、工作，我们很自然地会想："假如我没有这么一个不讲理的同事、讨厌的室友、伴侣，或是换个更好的工作或环境，我的生活一定不一样。"但是当我们避开他们，因此就能找到一个不再有麻烦，不再让自己气恼的完美境地吗？真的有这样一个地方吗？

不，无论我们在哪里，我们都会带着自己，我们都会和自己在一起，我们每个人都带着生活多年的模式到自己所到的地方。

如同爱默生说过的一句话："我们也许会到全世界去寻找快乐，但是除非我们把快乐带在身上，否则我们是找不到它的。"

说一则故事给你听：

苏格拉底还单身的时候，和几个朋友一起住在一间只有七八平方米的小屋里。尽管生活非常不便，但是，他每天都是笑口常开。

有人问他："那么多人挤在一起，连转个身都困难，有什么好高兴的？"

苏格拉底说："朋友们在一块儿，随时可以交换思想，交流感情，这难道不是很值得高兴的事吗？"

过了一段时间，朋友们一个个相继成家了，先后搬了出去。屋子里只剩下苏格拉底一个人，但是每天他仍然笑

生命是一连串的割舍
为我们最终舍弃
人间躯壳的
最后一幕预先排演

逐颜开。

那人又问:"你一个人孤孤单单的,有什么好高兴的?"

"可有这么多书啊!一本书就是一个老师。和这么多老师在一起,我时时刻刻都可以向他们请教,这怎能不令人高兴呢?"

几年后,苏格拉底也成了家,搬进了一座大楼里。这座大楼有七层,他的家在最底层。底层在这座楼里环境是最差的,上面老是往下面泼污水,丢死老鼠、破鞋子、臭袜子和杂七杂八的脏东西。那人见他还是一副自得其乐的样子,好奇地问:"你住在这样的房间,也感到高兴吗?"

"是呀!你不知道住一楼有多少妙处。比如,进门就是家,不用爬很高的楼梯;搬东西方便,不必花很大的力气;朋友来访容易,用不着一层楼一层楼地去叩门寻问。尤其让我满意的是,可以在空地上种花和种菜。这些乐趣,真是数之不尽啊!"苏格拉底喜不自禁地说。

过了一年,苏格拉底把一层的房间让给了一位朋友,因为这位朋友家有一个瘫痪的老人,上下楼很不方便。他搬到了楼房的最高层——第七层,可是每天他仍是快快乐乐的。

那人揶揄地问:"先生,住七层楼是不是也有许多好处呀?"

苏格拉底说:"是啊,好处可真不少!每天上下几次楼,可以锻炼身体,强健体魄;光线好,看书写文章不伤眼睛;没有人在头顶干扰,白天夜晚都很安静。"

后来,那人遇到苏格拉底的学生柏拉图,问道:"我觉得你的老师所住的环境都很糟,为什么他总是那么快乐?"

柏拉图说:"决定一个人心情的,不是在环境,而在于心境。"

好环境,不如好心境。说得好!

> 希腊大哲爱比克泰德曾说:"环境不能塑造一个人,它只是让他反观自己而已。"
> 
> 所以,不要抱怨环境,因为不论什么环境都有人过得好,也有人过得坏。周遭的环境并非决定你心情好坏的因素,决定的关键是你的心境,因为每个人都被同样的环境所围绕,不是吗?

### 你把心情遥控器交给谁？

——能把情绪控制在自己手里，才是一个成熟的人。

假设人的心情可以被一种遥控器左右，你觉得哪些人握有你的心情遥控器？

你的先生、太太、小孩，还是你的邻居、同学、同事，或通通都有？

想想，有那么多人握有你的心情遥控器，如果他们随便乱按，你会怎样？你的心情一定时好时坏，对吗？

当然，你会把不好的情绪归咎于他们。你说："都是他们惹我的。""我心情不好，是因为他这样、那样。"但这表示什么？这表示你把主控权交给了他们。你把情绪遥控器交到别人手中，那你的情绪必定经常"失控"，因为你无法控制别人，对吗？

有个女职员非常讨厌自己的老板，因为这老板不但不讲道理，还非常情绪化，只要心情不好，就对她大呼小叫。

几乎每天，她都带着怒气回家，不停地跟老公抱怨，有时愈说愈生气，还会迁怒到老公头上。

某天她回到家又是怒气冲冲。就在此时，远处传来一阵狗吠声，一向温和的丈夫突然暴跳如雷，把她吓了一跳，以为老公发疯了。

丈夫焦躁地在屋内踱步，口里喃喃地说："气死我了！那狗为什么叫个不停！""真讨厌！一直汪汪大叫，烦死人了！"

妻子皱起眉头："你一直抱怨有什么用？你气死了，狗还是一直在叫啊！"

丈夫正经八百地说："你一直对老板生气有什么用？你气死了，他也不会对你好一点啊！"

妻子忍不住笑了出来，此后再也不把愤怒带回家中。

如果有一只狗对你狂吠，你会恼怒，你会气得火冒三丈吗？你当然不会，因为你知道狗就是这样。狗要吠就让它去吠，你不在意，它的吠叫就不可能激怒你。

但同样的情形，如果换成人，换成你的老板、亲戚、朋友，当他们对你大吼大叫的时候，为什么你就觉得受到冒犯？就会抓狂？

因为你把你的心情遥控器交给了那个人，对吗？

如果你曾静下来想过，你就会为自己的荒谬啼笑皆非。自己是如此愚蠢，又没有人逼你把"遥控器"交出去，是你自己决定的，然后又再抱怨，觉得很气，这不是自讨苦吃吗？

你有没有想过，为什么你的心情遥控器会落在别人手上？

每个人对自己的心情握有绝对的主控权，千万不要人家说什么，别人给你什么，你就照单全收。

别人可以给你压力、脸色、难堪，甚至给你垃圾，但要不要接受，决定权在你。

我们不该说某人的言行把我气得半死，因为是我选择接受了某人的言行，所以才气得半死。

不是某人给你很大的压力，而是你选择接受那个人给的压力；不是某人给你脸色，而是你接受那个人给的脸色。记住，那个"遥控器"是在你手上。

如果你不想看某个烂节目，随时可以转台或关掉电视机。

### 你受不了的人,也受不了你

——人是观念的奴隶,观念掌控我们的情绪。

在等车时,我刚好听到两个妇人对话:"我最受不了我先生,他每次拿东西出来都不会归位,这里丢一件,那里丢一件!""我先生也一样,"另一个妇人随即附和道,"每次都要我帮他收拾东西。连我那两个小孩也是,玩具都到处乱丢,好像骂再多次都没用,真受不了!"从她们表露的不满,我心想:不知他们的先生和孩子会不会也受不了?

有人说:人是情绪的奴隶。原因是当情绪一来,人就无法掌控自己。然而,我发现人更是观念的奴隶,其实是观念掌控我们的情绪。举例来说,如果你有一种观念:用过东西要物归原位。那么当你的孩子没有把鞋子放在原位,你就对他们大吼大叫;也许你的先生或太太,没有及时把用过的东西摆回原位,就招来你的一顿臭骂,对吗?

假设有一个妈妈认为:浴室必须保持干净。因为这个观念,她就想出各种方法来清洁浴室。如果孩子没把要换洗的衣物放好,毛巾没有拧干挂好，或是尿到马桶外，把牙膏滴到洗脸盆外，那原本柔顺、友善的妈妈，就会突然大发雷霆。

　　当然，整齐干净和物归原位这些观念并没有错，不过当我们太执着，并用这个观点来衡量是非对错，甚至把一个观念看得比整个家庭和快乐还重要，那就太过了。跟大家分享一则故事：

　　有一天，名作家葛雷哥莱·拜特森的女儿走到他面前，问了一个问题："爸爸，为什么东西总是很容易便被弄乱了呢？"拜特森便问道："乖女儿，你这个'乱'字是什么意思？"

　　女儿说道："你知道吗，那是指没有摆整齐。看看我的书桌，东西都没在一定的位置，这不叫'乱'叫什么？昨天晚上我花了不少时间才把它们重新摆整齐，但就是没办法保持很久，所以我说东西很容易便被弄乱了。"拜特森听完就告诉女儿说："什么叫作整齐，你摆给我看。"

　　于是，女儿便开始动手整理，把书桌上的东西都归位，然后说道："你看，现在它不是整齐了吗？"拜特森又再问她："如果我把你抽屉的东西拿出来摆，你觉得怎么样呢？"

　　女儿回答说："不好，这样书桌又弄乱了。桌面必须干干净净。"随之拜特森又问道："如果我把铅笔从这儿移到那儿呢？""你又把桌面弄乱了。"女儿回答道。"如果我把这本书打开呢？"他继续问道。"那也叫作乱。"女儿再答道。

　　拜特森这时微笑地对女儿说道："乖女儿，不是东西很容易弄乱，而是你心里对于乱的定义太多了，但对于整齐的

定义却只有一个。"

以前我也很受不了摆放东西杂乱无章的人，并常为此发火。后来仔细想想，其实，问题不在他们，而是在我自己。因为他们并不觉得有什么问题。那么，是谁有问题呢？当然是我，是我对杂乱的观念，让自己不高兴。

没错，每个人都有自己的观念，对完美的定义也不同。如果我们对不完美的定义有太多，但对于完美的定义却只有一个，那样日子又怎么可能过得完美呢？

> 如果你有一种观念认为事情应该如何才对，那么这些想法就会造成干涉。这个"应该"就是干涉。你会干涉你的孩子应该做这个、做那个，你会干涉你的妻子、先生、兄弟、朋友，你会干涉你周遭的人，只因为你认为那是对的。但事实上，那只是你的观念。
>
> 你没发现吗？即使你一再对他们说教、要求，或处罚他们，他们依然故我。因为每个人的观念本来就不同。
>
> 记住，你最受不了别人的地方，很可能也是别人最受不了你的地方。

## 谁该为"理想破灭"负最大责任?

——其实，没有人限制你去追求理想。

我上护理系的课，跟女学生谈到心目中理想对象时，听到的总是"我希望"：我希望他身高一米八，不要太瘦也不要太胖；我希望他有学养、有内涵；我希望他很会赚钱，把钱交给我保管；我希望他有责任感、疼老婆，是顾家的好男人；我希望他常带我出外旅游。

上推广教育课，我跟一些结过婚的学生谈起结婚对象，则完全不同：我先生每天晚归，不在家吃饭，孩子也不管；他老是跟朋友鬼混，每次都冷落我；衣服袜子都不收好，满地乱丢；回来只会看电视，懒得跟猪一样。

当我跟一些婚后的男性聊天时也是，听到的不但没有如想象般美好，反倒是处处事与愿违。

这是谁的错？如果此刻有人要为我们的失望负责，当然，那个无法满足我们的人该为"理想破灭"负最大责任。

但是，大家是否静下来想过，当我们"幻想"配偶该怎么样时，是不是对方就该怎么样？就该为我们的想象负责？

事实上，一个人原来是怎样就会怎么样，每个人都依照自己的本性——你也依照自己的本性。这并没有什么不对，这也跟我们的期待是不是能符合无关。别人没有理由要符合你的想象，对吗？

当对方不配合你的想象时，你就对所爱的人失望，觉得被背叛，那是对爱的误解。你爱的人，从没有背叛你，他只是做他自己。

真爱从来不会受伤害，会令你受伤害的是错误的期待。如果你无法体认这点，那个伤害永远都不会结束的。

有位读者写信给我，信中尽是对先生的失望和愤怒。多年来，她已经对她先生用过各种办法，但他还是老样子。"我该怎么做？"

"什么都别做了，只要做自己。"我告诉这位受伤的女人。"既然他一直是那样，何以你每次还是会为他的言行感到气愤？这么多年都过去了，为什么你还期待他会改变呢？"

卓别林说："如果你期待天鹅有美妙的声音的话，那根本是错误的。"因为不管你再怎么期待，永远不可能。苦苦地做根本就不可能办到的事，只会带来无谓的挫折和痛苦。

你接受别人本来的样子，或者你保留你的爱直到他们变成你想要的样子？如果对方不改变，你打算一辈子彼此伤害下去吗？

人在爱里受伤，就会一再受伤害，直到对爱有所觉醒——让爱自由，所有伤害也不再存在。

摆脱那个期待，做自己，也让他做自己吧！

别想象理想对象该是什么样子，那种预设的想法，只会在你和对方中间筑出一道墙。也别再幻想能改变对方，那只会挖出一道沟，你愈努力改变对方，沟也被愈挖愈深。

每个人都是独特的，每个人都有做自己的权利，这就是人们为什么穿不同的衣服,剪不同的发型,开不同的车,并且以如此多种不同的方式过不同的生活的原因。

我们都希望做自己,希望别人接受我们,你不也是这样吗?要别人为我们的期望负责,是不成熟的表现。那就像把所有赌注押在某个数字上,结果号码不对,当场抓狂。

当然,如果别人的期待也符合你对自己的期待,又何乐不为?当对方将所有赌注都押在你身上,你怎么舍得让他输?

> 人之所以被爱,不是因为优点,而是因为缺点。
>
> 你有过这样的经验吗?你所爱的人,他并不是全然完美,但是正是因为他有某些缺点,你才发觉他的可爱之处,你才知道自己爱上他了。
>
> 爱尔兰作家王尔德说过:"需要我们来爱的,并不是完美的人,而是不完美的人。"
>
> 如果你发现你所爱的人有什么你想批判的地方,请明白那也是你最能给予他支持的地方。如果你无法支持,甚至还责难批评,那你怎么能说你爱他呢?
>
> 如果你只爱某人的优点,却无法接受他的缺点,那你爱的并不是他,而是自己。
>
> 真正的爱,愿意为对方改变自己;只有不爱的人,才会去改变对方。

## 别在老鼠身上挤奶喝

——缺爱的人太多，爱自己才是王道。

长久以来人们对爱最大的迷思，就是以为爱是来自别人。每个人都在问："你爱我吗？"却很少有人问："我爱自己吗？"

由于我们不懂得爱自己，每个人都在找爱我们的人来证明自己是可爱的。因而，当失去了爱时，我们便认为自己不值得被爱。

"爱一个人为什么会有那么多痛苦？"原因也在这里。当你往外求爱，等于是在求人。当对方点头，你就欢喜；对方摇头，你便跌入万丈深渊，那么你便一直需要别人的感情施舍和赏赐，这就是为什么爱会变得如此挫折、悲惨。

在一场研讨会中，有位女士提及，她曾与先生貌合神离。为了挽救婚姻，她处处委曲求全，经历了一段漫长与饱受挫折的岁月，最后仍徒劳无功。她不想再这样下去。

"所以，我决定即使他不爱我，我也要爱自己。"她语气坚定地说，"我决定自行给予自己曾经想从他身上得到的关爱与温柔。"

她终于觉悟了。

如果你因得不到你所渴望的爱、快乐与祝福而觉得受挫折难过，那么就由你自己来给自己吧！这是你想要的爱，为什么非得经由另一个人来得到这份爱？何必去求人呢？

你以为某人能让你幸福快乐，那只是你以为而已，其实你并不需要。或许，某人曾带给你许多快乐，但在你还没遇见那个人时，你不也曾幸福快乐？你应该问自己："我为什么认为只有这个人才能给我快乐？"如果你对自己够诚实，你会知道你并不需要。

作家威廉·费德说得对："舒畅的心情是自己给予的，不要天真地奢望别人的赏赐。舒畅的心情是自己创造的，不要可怜地乞求别人的施舍。"

真正的爱是从爱自己开始的。你必须先拥有，而不是找一个人来弥补自己所没有的。别在老鼠身上挤奶喝。

> 假如你的快乐很短暂，那么可能那不是你的，你的快乐倚赖某个人或某件事。举凡能够让你依赖的人事物，都不可能长久，因此你的快乐随着人事物消逝而消逝。
>
> 从现在起，请停止向外求，请停止在别人身上寻找快乐和认同，我们的快乐之钥以及幸福之源并不在那里，而是在我们自己身上。
>
> 唯有当你愈爱自己，愈满足于自己的生活，才愈有能力和别人分享你的爱，去爱别人，并得到别人的爱。

## 真正带给你痛苦的人

——那个令人深夜痛苦不堪的人正是你自己啊!

人与人的问题都是从期待而来。

我有两个亲戚,她们的媳妇很像:都不做家事,好逸恶劳;都很会管先生,对公婆从未主动关心。然而,一个家里有严重的婆媳问题,另一个却从未发生过,而且一家和乐。

深入探究,原来第一个婆婆对媳妇有预期的想法,她认为一个媳妇"就该怎样",所以,当期望和感受之间有落差时,问题就来了。而第二个婆婆呢,她对媳妇并非没有期待,而是她懂得放下期待,所以问题也无从生起。

你想过吗?当你以平常心去对待一个人,你怎么会生气?你没有要从那个人身上得到预期的东西的想法,对吗?

你对一个人付出愈多,你就怨得愈多,为什么?是不是因为他们让你失望、他们辜负了你?如果你对他们没有任何期待,你还会怨恨他们吗?那是不可能的,你怎么可能去怨恨一个你不在乎的人呢?

你注意过有些婆媳、夫妻、兄弟姐妹或亲戚朋友的关系吗？他们彼此怨恨，甚至比对陌生人的都还严重。先生如果有一个预期，认为太太应该如何，那太太就会很累，而先生也会感到不满；亲戚朋友如果有一个期待，认为亲戚、朋友就该怎样，那彼此就很容易产生问题。婆媳间也一样，当期待与现实有落差时，战争就是这样引爆的。

你何时会感激一个人？是当他做了你预期外的事情，对吗？

当邻居煮东西请你吃，你会感激，如果是你太太煮给你吃，你就不会觉得感激。同样，你不认识的人帮你一点小忙，你会很感激，但是如果是你的亲人帮你，你通常都不会感激。为什么？

也是因为期待。当你有预期，你会觉得理所当然，甚至还会挑剔他们做得不够好。当你没有期待，你会感恩，因为那是"预期之外"的，对吗？

所以，我常开玩笑说，如果你想给一个人最残酷的惩罚，那就是让他变成你的亲人。

今天感情和亲情问题会有那么多，即是因为有太多的人对所爱的人有过多的期待，就像阿根廷作家博尔赫斯说的："过度的希望，自然而然地产生了极度的失望。"这也就是为什么爱会转变成恨，为什么彼此相爱却又有那么多不满。

好，现在让我们一起来想想，当你对某人感到不满，你的不满是怎么来的。是不是因为他没有符合你的期望，或是因为他还是老样子，他依旧没变，对吗？

然而，这个期望是由谁来定的？这个失望的人又是谁？如果你曾静下来想过，你就会明白是怎么回事——原来这都是你自己创造的，你一直把期望投射到对方身上，这就是你一再不满的原因。

有时候，不是对方不在乎你，而是你把对方看得太重，以至压垮了彼此。

明白了吗？真正带给你痛苦的并不是那个人，是你对那个人的期待，是那个期望带给你痛苦。

一旦放下期望，你的心就会平静下来，你将发现原来自己就是期望下最大的受害者。

> 当你不期待，你就不会害怕，因为当你一无所求，你怕什么？
>
> 当你不期待，你就不会生气，因为当你不在乎，有什么好气的。
>
> 当你不期待，你就不会失望，因为你没有任何期待，又怎么可能失望？
>
> 当你放下期待，你们的问题就会消失，因为当你不再预期对方应该怎样，你就开始学会感恩，而当你懂得感恩，所有问题就不再是问题。
>
> 没错，所有问题都因"期待"而纠结，因"感恩"而解套。
>
> 当你不再期待，你会发现，你不会失去什么，你会失去的唯一东西就是痛苦而已。

### 发现你所不知道的自己

——有些人，连镜子里的自己都没认真看过。

你知道自己的外表，因为你只要从镜子里看就会知道。然而你知道你的内在吗？你可以从镜子里面看到自己的心，看到自己的个性、情绪、感觉和思想吗？可以，这面镜子，就是关系的镜子。

从这面镜子，你可以发现你所不知道的自己。

举例来说：你感觉某个人很不友善，然而当你认为他不友善，你会有什么反应？你会如何对待他呢？你难道不是一样不友善吗？

所以，他是你的镜子。有人说你很小心眼，可能是他乱说，但如果你很气，你找他理论，不就证明他说的没错吗？对别人很没水平的言行，如果你也有样学样，那就表示你跟他的水平一样。你从别人身上看到的，其实是自己。

有些人或许会质疑："是他惹我的，否则我也不会这样，怎么能说我像他？"

当我们生气时，我们会认为愤怒是由别人所造成，而将情绪反应都怪到别人身上，那是正常的，因为你看不到自己的内心。但是如果你深入地观察就会明了，造成生气的主要原因，其实是自己那颗愤怒的心。因为有些人面临相同的情况，并不会如此生气，或是有你这样的情绪反应，对吗？

如果我们被天空的宽广所感动，显然这是我们自己内心的感受。因为就在同一个天空下，有些人或许一点感觉都没有。我们对周遭的人的观感也一样，其实都在反映我们的内心状态。

我们在情感关系中所发生的问题，都反映出我们自己内心的问题。一个内在平和喜乐的人，人际关系就会平和喜乐；一个心口经常愤恨不平的人，周遭常会有愤恨不平的事。

不管你跟谁在一起，你的先生、太太，你的朋友、同学，你的情人或你的敌人，把他们当作一面镜子，你就可以在他们身上看到自己的真相。

哲人波顿·贺尔写道：

> 我用批评的显微镜看哥哥，
> 说：哥哥显得多么粗糙啊！
> 我用轻视的望远镜看哥哥，
> 说：哥哥是多么渺小啊！
> 然后我看真相的镜子，
> 说：我与哥哥多么相似啊！

别人的缺点，就是我的缺点。当我们评断他人时，其实我们也在评断自己。

记住，下回当你指出别人的错误时，你先停一下，想想看，自己会不会也犯同样的错误。

> 印度哲人克里希那穆提说过：要认识自己就要观察自己，在你和别人的关系里知道自己实际上是什么。不管这种关系亲密与否，自我都会因我们的关系做反应，然后你开始看到自己是什么。
>
> 运用镜子的概念，我们就可以利用在社交关系中发生的问题反过来了解自己。
>
> 当你说："你不体谅我！"想想看，自己是不是也没体谅对方？
>
> 当你说："你为什么不替我想想？"想一下，是不是你也没替对方想想？
>
> 当你很气："为什么他老是这样？"反省一下，自己是不是也老是那样？
>
> 你与每个人的关系，都反映出你与自己的关系。关系出问题时永远要先检讨自己，在别人身上找问题是搞错了方向。

### 所有怀疑的起因就是怀疑自己

——别太在意别人的想法，那跟你无关。

有一次，一个朋友想介绍商品给我，我正巧有事外出，他没见到人，就怀疑我是故意避开他，还到处向人控诉，说我不够朋友。

这是很有趣的。如果他很够朋友，会因为商品没介绍成，就认为我不够朋友吗？

再来，他怀疑我故意避开他，这也搞错了。他是在怀疑我吗？不，其实他是怀疑自己。他怀疑自己的商品，怀疑自己不被接受，怀疑自己不受欢迎。

道理很简单。如果你想跟某人借钱，而他正巧不在，你会怀疑："他是不是在躲我？"反过来，如果那个人是你的债主，你要还他钱，这时就算他几天都不在，你也不会怀疑他躲你，对吗？

你是否也有过类似的经验，即使你没有做某件事，对方也怀疑你？或是你已经详细解释，但对方就是不相信？

别太在意，这跟你无关。

说一则笑话：

> 一位老师正在黑板上写字,突然听到学生在笑。
> "你们是不是在笑我?"
> 学生们一本正经地回答:"不,不是!"
> 老师冷冷地说:"哼!这里除了我,还有谁可笑呢?"

明白了吗?对方会怀疑你,是因为他怀疑自己。

我有一位朋友,他不敢把钱交给老婆,他不相信她。为什么不相信另一半呢?因为他自己不善理财,而且常乱花钱。他把对自己的怀疑,投射到对方身上。

有一位病人,他很神经质,对任何人都充满防卫。后来我才发现,他害怕的不是别人,而是自己心中的愤怒和敌意,并将它们投射到别人身上。

我还认识一些人,他们很爱猜疑,无法信任人。经进一步了解,原来是因为他常会欺骗别人。想想,如果你经常骗人,你怎么可能去信任别人,对吗?

所有怀疑的起因就是怀疑自己。没错,如果你怀疑自己,你也很难信任别人。我想起苏菲派的圣愚者穆拉·那斯鲁丁的一则趣闻。

> 有一次,穆拉·那斯鲁丁与一名哲学家定下辩论约期。
> 哲学家按时前往,可是那斯鲁丁竟然爽约并出门。哲学家非常生气,拿了粉笔,就在那斯鲁丁门口写上"大笨蛋+白痴"。那斯鲁丁回家看到那些字,马上去找哲学家。
> "真抱歉,我忘了!"那斯鲁丁说,"还好,你在门口留下名字,让我想起我们的约会。"

从"认定别人是怎么样的人"转而认出"原来自己是怎样的人"，最后你终将明白，你身外的一切人事物，全是你自己想法的倒影。你会怀疑别人，是因为你不相信自己；你对别人的不满之处，正是你对自己不满的地方。

> 如果你发现有人批评你，在你生气前，先要问，你内心是否有一部分在批评自己。放掉那部分自我批评，你将较少受到别人的批评。
>
> 当你不对自己生气，慢慢你就不会对别人生气；你不苛责自己，你就不会对别人苛责；你不怀疑自己，这样你就不会怀疑别人，也会减少遭到别人的怀疑的时刻。
>
> 其次，别人跟你说什么，对你做了什么，也不必太介意，因为那只反映了他们是怎么样的人。
>
> 如果一个人对自己不信任，就不可能相信别人；如果一个人很少善待自己，就不容易善待别人；如果一个人对自己要求很高，也会以同样的标准要求别人——那是一定的。总之，如果一个人是个有问题的人，就会去挑别人的问题。

### 不圆满本身就是一种圆满

——谁能圆满?你认真看,连中秋的月亮都不会是圆的。

什么样的人生不是圆满的人生?

没结婚生子不是圆满的人生!

没白头偕老不是圆满的人生!

身体不健全不是圆满的人生!

没一家团圆不是圆满的人生!

没功成名就不是圆满的人生!

如果这是你的回答,我想你的人生一定很难圆满。因为,你对圆满的认知本身就不圆满。

人真的很奇怪,老爱给自己立下乌托邦式的理想,然后当自己达不到时,就觉得有所缺憾。像许多人会给自己设定:要赚多少钱,获得什么职位,要达到什么理想……要是没得到呢,他对人生就不可能满意。

有些人原本没结婚,自己一个人也挺好,但是当他认为没结婚是一种缺憾,就会觉得人生不圆满。

结了婚的人常认为伴侣应该怎样，当伴侣不如理想中的，就觉得婚姻不美满。

还有些有孩子的人，他们认为，"应该生个男孩（女孩）才圆满"。结果若非所愿，缺憾也由此而生。

你没发现吗，所有的不圆满都是来自我们对圆满有了错误的认知。就是这种认知，不断地带给我们挫折和失望。

你有一份稳定的工作，你现在就可以快乐，但你却给自己定条件说，你要升到某个职位才快乐；你的孩子都成家立业了，这已经很圆满，但你却有一个执念，认为一家人住在一起才幸福，这就是你不快乐的原因。

我认识一对老夫妻，几个孩子都分居各地，一家难得团圆，他们常为此怨叹。

他们没体悟到：若不是相隔遥远，又怎么会彼此珍惜？若没有分离的思念，怎能领略相聚的幸福。

我也发现许多人对爱都有误解，以为相爱就应该"百年好合"。其实，在爱里并没有完美的结合这回事，所有关于爱的关系都必须包容某种程度的不合。也正因为如此，那才是爱的可贵之处。

你有你的缺点，他有他的缺点，双方都不完美，但你们的关系却可以是圆满的。就像月虽有圆缺，但是，你不会说月亮是不圆满的，对吗？

日本著名的记者及作家乙武洋匡，刚出生时就四肢全无，医生判定为"先天性四肢截断症"。医院担心刚生产的母亲无法承受如此打击，以婴儿黄疸严重为由，不让母子相见。

直到一个月后，院方在不得已的情况下，才让母亲与乙武洋匡见面。没想到母亲在见到他的一瞬间,脱口而出的一句话竟是:"好可爱啊!"这完全出乎在场所有人的预期。

是谁说有缺憾就不圆满?每个人本来就是他自己的完整。看过不完美的树木吗?每一棵树本身就是完美的,它们在风中、在雨中、在阳光下摆动跳舞——你看不出那种圆满的喜悦吗?

人生是残缺的圆,正因为这圆是不完美的,是有缺憾的,才使得我们产生了希望。最终你将领悟到:原来,人生的不圆满本身就是一种圆满。

---

对人生而言,"圆满"是个相对的概念。绝对的"圆满"则意味着没有希望。如果人生是圆满的,人生也就到了花残叶落之际。

真正圆满的人生,是从缺憾中领略到圆满。月有阴晴圆缺,但月依然是美的。当你愿意接受缺陷,缺陷也就变成另一种美。

是谁说圆满的人生,就不该有缺憾?

## 从"评论家"变成"艺术家"

——挑毛病是一个容易的活,而创造,才是最需要的。

人们对完美常有误解,总认为完美是一种"变成"的过程——假如我很丑,就想办法变得美丽一点;如果对伴侣不满,就认为对方需要改变;如果事情不对劲,就假定是哪里出了问题,需要修正。

因此,我们的人生永远处在"整修"的过程里。我们就像评论家一样,忙着"找问题""挑毛病",然而不论我们想转变成任何一种美好的状态,都会带来不满、批评、抱怨,对吗?这就是为什么过于完美的人,过得往往都不怎么完美。

有一次,一位禅师在画画时让他的大弟子坐在身旁,因为他想要徒弟知道,什么样的画才是最完美的境界。所以,他非常努力,以求最完美地呈现画作。

然而,奇怪的是,他越是努力,他的画就越是一团糟。

禅师觉得很不对劲,他不断地边画边摇头:"不!这不够完美。"

他画了一遍又一遍，直到墨水用完后，禅师说："你再去准备更多的墨水来吧！"没想到徒弟出去准备墨水时，禅师画出了完美的作品。

徒弟回来看到后惊讶地说："师父，这正是完美的画作！您是怎么画出来的？"

禅师笑了，他说："我已经知道了，我一直想把它画得完美的努力，正是让它变得不完美的原因。"

这就是我想传达的。我们愈想达到完美，就愈发现不完美；我们想修正的人或事情愈多，就会发现问题愈多，抱怨也就愈多。

所以我常开玩笑说，你只要观看谁最会挑剔或最常抱怨，就可以断定他是不是"完美主义者"。

有位心理学家曾这么告白，他说："我曾经认为自己是一个完美主义者，因为我在每件事之中可以发现最小的瑕疵。接着，我发现我根本不是一个完美主义者，我是一个不完美主义者，因为如果我是个完美主义者，我应该看到什么都觉得完美。"

我完全同意，完美就应该看到万事万物的美好，而不是老看不好的，不是吗？

我们以为完美需要努力追求，那是错的。其实完美并不需要追求，而是要放下那个努力，那么现在就是完美的。

我听说，有个人一心想要在自己的院子里种出一片漂亮的草皮。但是他发现有好几株蒲公英在跟他作对，而且蒲公英愈长愈多，终于占据了院子的一角。

他试了许多方法想把蒲公英从草皮上去除掉，喷农药、换不同的肥料、把蒲公英一株株连根拔起,最后,他只能求助于园艺店老板。

"还有别的方法可想吗?"他问。

"我的建议是,"老板回答他,"你该学着去欣赏那片蒲公英。"

美好的人生也不是指完全没有问题产生,而是要学会欣赏美好的人事物——让自己从"评论家"变成"艺术家",才是真正的完美主义者。

> 完美是虚构出来的,当下的不完美却是真实的。
>
> 在这个世上,我们永远不可能到达一个境地,在那里一切都尽善尽美。生活中总会有麻烦、缺陷,有是非对错,而唯有接纳这一点并能融入生活本质的人,才能活得圆满快乐。
>
> 要记住,那些不完美、那些不如意的事情,都只是人生的一部分,千万不要让它们变成人生的全部。别让一小片乌云遮住所有的阳光。

### 是谁在干扰谁?

——检视自己的感受,是一种了解自己的方法。

你静静地坐在那里,突然从很远的地方传来狗吠声。这狗吠原本无伤大雅,但是如果你非常排斥,"这狗为什么叫个不停?"你心想,"它的主人为什么不把它关起来?"你越抗拒,狗吠的声音就变得越响,就好像那狗是对你叫唤一样。

你讨厌某人,每次想起他都让你闷闷不乐。于是你告诉自己:"我不要再去想了!我要把他忘记!"然后你就忘了吗?不,你愈排斥,那个念头和他的影像不但不会消失,反而更常出现。

有人找你麻烦,你只要不理他就好。如果你跟他对抗,就会没完没了。我们都可以了解,只要有对抗,就会有冲突,就会有对立,而冲突和对立,又会引发愤怒、怨怼、攻击、暴力。

有件事大家必须了解,那就是,不管你排斥的是什么,你所抗拒的"东西"都不会消失,只会更加干扰你。

有一位年轻人去参加禅修,但他非常叛逆,不但反叛家庭,不服父母管教,在学校也屡犯校规。他跟每个人都合不来。后来他

到了印度，在禅修中得到初步的美好体验后，便报名去参加佛寺中长期的禅修。他决定要很严格地修行，让自己变得平静和谐。然而过了没多久，他发现自己又陷入冲突。每天的例行工作让他没有时间持续禅修，访客声和偶尔行经的车声会打扰他禅修；他也觉得老师没给他足够的指导，因此他的禅修成果不佳，心静不下来。

有一天，老师在一次集体禅修结束之后，把他叫来开导："你和每一件事对抗，食物会干扰你，工作会干扰你，声音会干扰你，甚至你的心也干扰你，怎么会这样呢？这不是很奇怪吗？我想知道，当你听到车子经过，是它真的开过来干扰你，还是你走出去干扰它？是谁在干扰谁？"

乍看之下，好像是那个情境造成干扰，其实不然——干扰是我们因心中抗拒所带来的。

我们只要认为自己、别人或周遭的环境不对劲，就会产生排斥和抗拒的意识。而这意识也就是造成干扰和负面情绪的缘由。

每当情绪生起时，你可以检视当下这一刻的感受。当下这一刻，你的内心发生了什么事？你看到了什么？你会发现，一方面你看到了心中所发生的事，另一方面你并不想接受那个正在发生的事，对不对？然后你的情绪就会开始受到影响，从不安、不快到发怒，甚至抓狂——受干扰的强度取决于抗拒的程度。

所以，当有人问我要怎么阻止负面情绪时，我的回答都一样，首先你必须先停止对抗你所抗拒的事。

你尝试过很多次要改变周遭的人事物，你批评，抱怨，但是什么事也没发生。现在试试看：不要做任何事，让每一刻都如实存在，不去评价它是"好"是"坏"，是"应该"或是"不应该"，不要把它变成一个问题。

事实既然是这样，它就是这样！如果你的伴侣有很多毛病，你的主管爱吹毛求疵，你的同事很没水平，附近的狗吠很讨厌，生活有很多问题……那就照它本然的样子接受它。

引一句奥修大师的话："如果以你现在的情况你过得并不好，你就需要花很多努力来变得更好；如果你能了解人生就是这样，当你接受所有的不好，那么你将变得愈来愈好。"

总有一天你将会觉悟，并非事实在跟你作对，而是你没跟事实妥协。一旦你不再抗拒，你的心自然会平静下来。

---

世界上存在两种问题，一种是客观存在的，一种是我们制造出来的。我们自身制造出来的要比客观存在的问题多得多。是的，绝大部分困扰我们的问题都是我们自己制造出来的，而我们却试图解决问题，那怎么可能？

套句知名足球教练文斯·隆巴第的话："只因为你在做一件错事，所以即使更认真地去做也不会使这件事变对。"

那难道说我们要放任问题不管？不，放下问题，并不是放任不管。而当我们愿意放下，顿时间，每一件事情都会变得不同，然后每一样东西都会改变。

当问题"不再是问题"，问题自然会消失不见，不是吗？

### 让别人难过，自己就不好过

——当你原谅别人时，你并不是宽宏大量，而是自私，是自爱。

如果有人说了或做了让我们生气的事，我们就觉得受不了，往往想以同样的方式报复对方，让他也同样受苦，如此自己便觉得舒服些。我们会想："你让我难受，我也不会让你好受。只要看你痛苦，我就会觉得好过多了。"

然而当我们让别人不好过，我们真的会好过吗？不，当你让别人不好受，你就不可能好受，因为在你怨恨任何人之前，你必须先感受到怨恨。唯有你有某样东西，你才能将这样东西给别人；唯有充满愤怒你才能去气愤。所以，在你伤别人之前，你已经先伤害自己。

有些人或是比较含蓄，只是在心里或背后咒骂，但你认为有骂到他吗？他根本就不知道，你其实是在骂自己。

我想起《百喻经》里的一则故事：

有一个商人，借了半个铜钱给人，可是那个借钱的人一直不还，商人心想："我非把半个铜钱讨回来不可。"

于是，他坐船过河，亲自到那个人家中讨债，不过主人并不在家，他只好又跑回来。当天晚上，商人在计账的时候，才发现为了要讨这半个铜钱的债，竟然花了五个铜钱的费用，包括坐船来回、吃一顿饭。此时，他才知道这一趟讨债，实在很不划算。

这故事我们一听就知道这商人实在很傻，为了捡葡萄却掉了西瓜，但是生活中有许多人也在做同样的傻事。

比方说，因为咽不下一口气，找人出气，因此反目成仇；不肯让人占便宜，为讨个公道，结果因小失大；爱错了人，还苦苦纠缠。这跟那个商人有何不同？

很多人在爱人移情别恋后会报复对方，因为不甘心付出了这么多而没回报，想玉石俱焚，甚至用自杀手段，想让对方自责或内疚。却没想到这样的做法，反而让对方庆幸当初离开是对的，结果自己赔了夫人又折兵。

有一件事，许多想报复别人的人一直没有想通：如果你要报复别人，唯一一个会痛苦的人是谁？当然是你自己，因为怨恨和气愤是附在你身上的。不管你怨恨的是谁，在你怨恨时，你等于是不断在记忆中反刍旧伤痛，你就给了最初导致你伤痛的人和事一再伤害你的力量。

此外，当你对别人采取报复手段，别人也会做些什么来报复你，他也希望这么做会舒服一点。这就符合了著名黑人人权领袖马丁·路德·金说的"以眼还眼"这条老法则，结果大家都"瞎了眼"。

其实幸福就在眼前,只是你一直回头看,不可能看到新的事物,也很难感受到幸福。没错,让别人难过,自己就不可能好过。

> 我们很难原谅别人,是因为我们认为原谅就是赦免伤害自己的人的行为。事实上,当你原谅某人,你想饶恕谁跟别人无关,完全跟你自己有关。记住,当你原谅别人时,你并不是宽宏大量,而是自私,是自爱,是给自己自由。
>
> 宽恕带来自由,而懂得宽恕首先要学会的第一件事,是先学会爱自己。如果你一时无法原谅别人,没关系,请先将眼光放在爱自己上。你想想看,如果你的心里充满了怨恨,还有空间容得下爱和快乐吗?

### 我有故事，但我非故事

——我们并不是放不下，而是不想放下。

生命犹如在河中航行，逝去的时光是由许多事件标记下来的。这些事件留存在记忆里最深刻的部分，就成了我们的生命故事。

不知是身份的关系，还是巧合，我所听到的多半是受苦受难的故事。有些人是孩提时受到的伤害，有些人则是婚姻悲惨；有人觉得自己被虐待、被人占便宜、被人抛弃，还有一些是受到委屈和打击。

我曾跟这些有伤痛经验的人对谈，发现绝大多数人对这种悲剧的戏码都非常投入。有些人完全沉迷于过去的故事，故事成了身份和标签；有些人则紧紧抓住悲惨情节，好像那是最珍贵的生命传奇，深怕被遗忘。

我曾读过一个女人想游泳横渡大湖的故事。她的手上绑着石头，游到湖中央时，因为石头太重上她快游不动，并且开始吃水。

"赶快解下石头！"岸边看热闹的人高喊。

女人不为所动，继续游。

突然间，她沉了下去。可是不一会儿，她又挣扎着浮起来了。

"赶快解下石头！"岸边的人叫得更大声。

女人继续游，可以看出很吃力，下沉的次数更多了。

更多人大声惊呼："赶快，把石头放下！"

女人即将被灭顶，最后一次浮上来，有气无力地说："不行！这是我的石头。"

你也许会怀疑：哪有那么笨的人？但事实就是如此，很多人宁可牺牲爱、幸福和欢乐，也不愿放下悲惨的故事，甚至不惜拉身旁的人一起被灭顶。这样的人还不少。

在生活中，比起想得到的解脱而言，人们显然更珍惜那些执着不放的故事。换句话说，我们并不是放不下，而是不想放下。

事实上，无论是什么痛苦，我们对"过去事件"所感受到的一切，都是"现在"创造出来的。就好像很久很久以前，有人把我们关进笼子，后来笼子不存在了，可是我们依然挣扎，为什么？是自己还抓着笼子不放，对吗？

有些人或许认为这说法欠缺同情心，但是一直抓住痛苦本来就是不必要的。当我们愚蠢地多次回忆同一场戏，却不了解其中的经验教训，只能看见其中的苦难时，那受苦又有什么意义？

苦痛的本质是让人学习，让人成长，让人懂得将心比心，所以，我们该学习的是同情心，而不是渴求同情。被人同情的人生，是非常悲惨凄凉的。

我有故事，但我非故事，明白这点非常重要。当我们不执着于过去的生命故事，新的生命航程才能开启。

站在人生的十字路口,你有两条路可选择:利用过去的经验对别人做出贡献;或者,被过去的经验利用。

你可以为别人带来黑暗,也可以把黑暗变成光亮;你可以成长向上,也可以向下堕落。你既是故事的作者,也是书中的主角,你可以改变故事的情节,甚至决定整个故事的结局。

### 不是路到尽头，而是该转弯

——有些让人绝望的事，往往另有深意。

人习惯保持选定的人生道路不偏不倚，就像开车习惯在各自的路上一直往前开。可是，道路和人生都会出现交叉口，如果只知道直行，不懂得转弯，很可能就会撞车。

在人生的道路上，当发生无常事件的时候，常常是生命应该转弯的地方，即它是来引领我们的。

我们经常无法理解，原本预期内的事，为什么会突然发生变化，或是，有时对某件事情明明兴致勃勃，但过了不久，却又对于同一件事感到兴致缺缺。我们也经常想不透自己为什么尽心尽力却不获他人青睐，或是满心期待却事与愿违。其实这都是有原因的。

山姆希望能升上行政主管职位，为此他除了尽忠职守，还比同事更加卖力地工作，然而人事命令颁布时，他梦想的职位却落在了别人身上。然后不久，他便辞职了。如今他拥有自己的公司，而且经营自己事业的成就感，也不是在旧公司时的能与之相提并论的。

莉莉爱上一个男人，她觉得他英俊、风趣，而且多金。她非常期待能和他进一步交往。可惜事与愿违，一连几个月他都毫无音讯。

后来从朋友那里，她才得知他在躲债，这让她感到错愕，原来他是个骗子，也庆幸自己没有陷进去。

人生道路有时曲折，有时突然来个大转弯。事出偶然，往往都"另有深意"。我认识的一个病人也发生过类似的事。他因手术后伤口重复感染，不得已放弃期待已久的旅游，当时他又气又恼，却没想到因此避开了一场死亡车祸——他原本要搭的那部车跌落山谷。

上天会透过各种阻碍，来传达他对我们人生的指引。可惜人们常会误解这个信息，并为这些事情贴上"坏"的标签。

你真的知道什么是福、什么是祸吗？你真的能综观全局吗？在生活中，很多人碰到的坏事，到头来反而变成好事。所以，不要早做判断，也不要早下定论，因为你不知道事情为何要发生，也不知道它会带来什么样结果，对吗？

即使前面已无路可走，也别气馁或放弃——那不是路已到尽头，而是该转弯了！

---

意外的人生，往往是有意外的祝福。

大家不妨回想一下，周遭是否有人在经历某些意外事件之后，生命似乎产生了重大转变，一切豁然开朗，全然改观？

是的，旧的东西摧毁之后我们才有可能创造出新的东西。我们的过去必须先被摧毁，新的未来才会诞生。我们历经一连串可怕的混乱与痛苦，此时，通常也代表我们正处于改变的关键时刻。

你走到穷途末路了吗？记住，那不是绝路，而是一条崭新的道路。

### 抗拒离开鱼缸的鱼

——如果你觉得生活在跟你作对，那是你还没看懂生活。

养过鱼的人都知道，鱼缸每隔一段时间就得清理。然而每次清洗时，小鱼总被吓得四处乱窜，即使被抓到了，仍旧不断边跳边扭动身躯，就像世界末日到来一样。

可怜的鱼，它们又怎知我把它抓出来，是为了要在待会儿给它清理出焕然一新的窝。

其实，我们不也是这样，往往因为不了解上天的美意，总是不断地挣扎、埋怨、逃避面对，所以才会受无谓的苦。

我们总想借着保持现况而留住那份安全感，殊不知对这份安全感的需求，正是我们卡在相同的局面和现况一直无法改变的原因。

我认识一个病人——她发现先生有外遇——她向我描述颈椎受伤后的改变，她告诉我："如果我颈椎没有受伤，我一定还继续跟他们缠斗。受伤让我有机会静下来思考婚姻留存的意义。"

嗯，我完全同意："能改变是好的，否则永远只能维持现状。"

"老实说，"她听了有感而发地说，"我对自己原来的生活感到非常不快乐，但我不想面对或者说我害怕改变的恐惧感。结果发生这件事。也好，如果不是这样，也许我还一直陷在那里。"

早在两千年前，斯多亚派哲人奥勒留就说过："接纳生命中的任何插曲，还有什么比这更符合你所需求的？"

幸好，有时候会突然发生某个事件，让我们对生命重新思考。因为问题若不严重，人就不会觉醒。

上天给每个人一个闹钟，它一开始会叫得非常轻柔，然后越来越响，直到我们别无选择而只能醒来。生命也是如此，如果你对轻声细语充耳不闻，那么它就会赏尔一巴掌。

生命永远朝着越来越美好的方向在发展。如果你没有这种体会，那就意味着你一直在抗拒这个过程。

如果毛毛虫不知道自己破茧而出会变成为蝴蝶，那么所有的过程遂成了艰辛的挣扎。

我们唯一能做的事就是放开自己，容许事情自然发生。如此，你可能会惊讶地发现："我一直以为我只是爬得快一点，我不知道自己还能飞。"

所有的改变都是好的，每一件事也都是有帮助的。如果命运看起来似乎在跟我们作对，那是因为我们以浅短的眼光来看待事情。就像那些抗拒离开鱼缸的鱼，它们不知道它们所对抗的，正是要帮助它们的人。

一名年轻女孩问一位很有智慧的老婆婆："怎么样才能变成蝴蝶?"

老婆婆眨了眨眼睛，微笑说："你必须要有'飞'的志向，而且，愿意放弃你的毛毛虫生命。"

鸟必须打破它的壳，然后才可能变成一只自由飞翔的鸟；种子必须抛弃防卫，冒险进入土壤中，才可能变成一棵树。

想变成展翅飞舞的蝴蝶，就必须先放弃你的毛毛虫生命。如果毛毛虫一直留在蛹室，不但飞不起来，还可能活不成。

### 安于不知道

——有些事，不是你不知道，而是你选择了"不知道"。

假如你与某人交往，而你知道几年后你们会分手，你还会跟他交往吗？

假如你怀孕了，而你知道这个孩子十年后会死掉，你还会生下他吗？

假如你知道自己死亡的日期，你还会有心情庆生吗？

我想，多数人的答案应该都是否定的。

还好，我们并不知道。如果我们事先就知道了我们必须经历的是什么，很可能我们什么事都不会做。

说一则故事：

台风带来暴雨，让河水水量暴增，最后冲毁了村庄唯一一座桥。居民们不得已，只好在两岸间搭起几块木板，充当临时的桥梁。但木板又窄又简陋，况且桥下的河水仍非常湍急，因此没有人敢使用这座便桥。

这时来了三个人，都赶着要过桥。他们一个眼睛看不见，一个耳朵听不到，另一个则耳聪目明。

盲人最先走，不一会儿就过了桥；聋哑人不一会儿也走过去了。倒是那个健全的人，走了没几步就掉到桥下，差点被湍急的河水冲走，幸好附近的居民及时抢救。他被救起时不但浑身湿透，还吓得直发抖。

有个男子非常好奇，心想这座桥连健全的人都难以通过，不知道盲人和聋哑人究竟是怎么办到的，于是上前询问。

盲人说："这很简单，因为我眼睛看不到，不知道这便桥有多简陋，所以不会担心。"聋哑人说："因为我耳朵听不到，不知道桥下的水流有多湍急，所以不会害怕。"

男子听了，感慨地说："耳聪目明有时也会害人啊！"

没错，知道太多也会害人。

其实，这世上的所有人事物，不管我们拥有什么，失去是早已注定的，只是不知道在什么时候，所以每个人才如此乐观进取。

其实每个人一生都有好几次患癌症的可能，只是大多数人体内的免疫细胞默默地战胜了癌细胞，因而大多数人终其一生都不曾觉察到。

其实，我们一出生就被判了死刑，只是我们不知道会在哪一天以什么方式执行，而也就是这种"无知"，让我们对生命充满希望和期待。

所以，人生少知道一点，有时候反而是幸福的。若让你早知道，人生就不可能如此丰富多彩，不是吗？

生命是不可预期的，正因为不可预期，所以充满期待。就像去看棒球赛，谁都不晓得下一秒钟情况会变得如何——而它迷人之处也在这里，因为其中会有安打的喜悦，有触杀的刺激，有全垒打的兴奋，有三振的懊恼，更有紧张万分的赛程。这就是人生。

假如一场球赛你还没去看之前，就已知道比赛的结果，还会有趣吗？

假如人生还没开始，你就知道结局，那又何必来这一遭呢？

还是不知道好！

### 假如当初

——生活没法演习,珍惜每一个选择吧。

假如你选择了一条路,那就永远无法确定如果选另一条路的结果会如何。

今天你投资股票赔钱,你可能会想:"假如当初买黄金,买房地产,现在早就赚翻了。"

今天你是个怨妇,你可能会想:"以我的才华,如果当年不早早嫁人,而去从商,现在一定是女强人。"

今天你出了点意外,你可能会想:"假如当时我走另一条路,也不会发生那样的事。"

但真的是这样吗?

假如当初你做的是另外一个决定,你会认为那绝对就是对的吗?转换投资就一定稳赚不赔吗?去从商就一定会是女强人吗?你确定走另一条路就一定不会出事吗?

不,人生是无法预期的,没有什么是一定的,没有什么是绝对的对与错。

我曾看过一部电影《黑洞频率》,剧情是一位年轻警探约翰,在一个太阳风暴频率变异的夜晚,意外地以一台无线电联系上已去世三十年的父亲,也就是处在 1999 年的他竟然和 1969 年正在使用同一台无线电的父亲通了话。

这场时空交叠的对话不但让约翰周遭的事物重新洗牌,也改变了全家人的命运。

当约翰与父亲相认时,内心充满了惊喜和怀念,因为父亲在救火任务中丧生时他才七岁,他心底始终企盼父亲能在自己成长过程中陪伴他。

现在,有机会可以救父亲一命,灵机一动的他遂向父亲预警。结果,父亲在隔日的救火任务中,改变了他原先会走的道路,因

而脱离险境活了下来。

看来约翰"做对了",他救了父亲。但接下来故事的发展,却非约翰原先所预期的,像多年后父亲仍因吸烟引起肺癌过世,另外,他先前交往的女朋友也跟他渐行渐远,甚至救了父亲却失去母亲。一连串无法预料的变化接踵而来。

我有一个老同学,当年为了支持先生拼事业,她放弃留学念书的机会,婚后扮演全职家庭主妇。没想到,现在先生飞黄腾达,却提出离婚的要求——因为他有了新的对象。

她忆起往事,感到非常懊悔。自己为了这个男人放弃留学和工作,结果却换来一场空。

她说:"假如当时我坚持留学,所有的一切都会完全改观。我可能不会和他结婚,我也不会浪费多年的青春在他身上。"

就像她一样,我们也常会叹息过去某个时刻,为什么不选择另一条路。

然而大家很少反过来想,这选择在当时来看却未必是错的。这也是经过深思熟虑,也是经过衡量利弊才决定的,不是吗?

再假设,如果她当时做了别的选择,一切就会很好吗?那也未必,还是会有其他问题产生。人只有在回头看时,才会知道以往的选择是否明智。

你永远可以回头想,但是你永远只是现在的你。

你的生命中并没有"回放键"。事实既然已经将你带到这里,你就只能面对。

事实上,你根本不可能回到从前,就算真的回到从前,你可能也会做相同的决定,因为那时的你还没有经历现在的一切,不是吗?

所以,不要去想"早知道就好""假如当初""要是那时""我当时若……就好了!"这类的话。不要懊恼一些已经过去的事或木已成舟的定局,要专注在你能改变的事情上。

印度诗人泰戈尔说过:"如果错过了太阳时你流泪,那么你也将错过群星。"

人生注定要错过的,那就让它错过吧!可是我们不能因此而忽略眼前的美景。别忘了,走了太阳,还有月亮。

当你说"早知道……"的时候，你想过吗？它表示你之前并不知道。既然不知道，你能怎么样？

当你说"要是当时我这么做"的时候，亲爱的朋友，你可能不知道，"要是当时"你知道要"这么做"，你就不会"那么做"。要知道，在事情发生的一瞬间，任何事都是对的。你现在知道某个行为是错的，要知道，这藏是那个体验带给你的觉悟。

你说"假如当初"也是没有意义的，毕竟过去都已经过了。我们不应该往后看，除非你能从过去的错误中获取有用的教训，如此你的苦才不会白受。

## 你永远料不到事情会怎样发展

——就因为前途无法预知,生活才有了一些味道。

人生是一个永无止境的揭露过程,它会带给你接二连三的惊奇,你真的不知道事情会怎样发展。

我有个亲戚最近买了间独栋二手房,事后却觉得规划不好,只好忍痛大兴土木。如果不是房间的墙遮住了客厅视野,他也不会敲掉;若不是敲掉墙,房间的木地板也不会被破坏;然而若不是掀开木地板也不会发现底下竟然有积水,而且已经发霉还发出恶臭。

所以说,当事情朝预期外的方向发展,结果不一定是坏的。

女诗人席慕蓉曾说:"在世间,有些人、有些事、有些时刻,似乎都有一种特定的安排。在当时也许不觉得,但以后回想起来,却都有一种深意。"

许多人都经历过这一点。

苹果公司前董事长兼执行长乔布斯曾有感而发地说,如果没有休学的波折,他不可能创立苹果公司;如果没有被赶出公司的打击,就不会有之后的皮克斯动画公司。他形容,在遭遇不顺遂的当时,他觉得那是人生"严厉的苦难",但时过境迁之后,他回想过去,才赫然发现这些不顺利,竟然是他"人生中遇过的最棒的事"。

世事本来就很难预料,不能只看眼前。

有个人,他有四个儿子。他希望他的儿子们能够学会对事情不要太快下结论,所以,他依次给他四个孩子一个问题,要他们分别出去远方看一棵桃树。

大儿子在冬天前往,二儿子在春天,三儿子在夏天,小儿子则是在秋天前往。当他们都前去也都返家之后,他把他们一起叫到跟前,让他们形容自己所看到的情景。

大儿子说那棵树看起来很快就会枯掉,看不出任何希望;二儿子则说,不是这样子,这棵树已冒出青绿的嫩芽;三儿子则说树上花朵绽放,充满香气,看起来十分美丽;小儿子不同意他们三人的说法,他说树上结满了果子,累累下垂,充满了丰收与希望。

这个人就对他四个儿子说：你们都是正确的，因为你们四个人是在这棵树的四个不同的季节前往的，并且只看到其中一个季节的风景。他告诉儿子们不可用一个季节的风景和一个时段的情形来评断人事物，不能只看眼前，要拉长时间看。

在一个时段发生的事件，从来不能够代表整个故事。你以为事情就是那样，但事情可能跟你想的完全不是一回事。故事只是到了尾声，却还没结束，你永远预料不到事情会怎样发展。

> 在人生道路上，只有新的弯路，没有错的弯路。
>
> 放轻松，事情跟你想象中的不一样，不一定有什么不好。如果事事如你所想，人生也因此失去了偶尔得到意外惊喜的可能性。
>
> 想想，如果你的人生风景，从路头就能看到路尾，不是很无趣吗？

### 无论是什么东西结束了,它也是个开始

——改变让人痛苦,却也是新的机遇,就看你够不够强大。

生命无时无刻不在改变。没有改变就没有成长,没有成长,生命就会枯萎,这一点,甚至连树木都知道得很清楚。到某个季节,旧有的叶子就会掉落到地上,腾出空间让新的叶子长出来。如果它们继续抓住那些旧有的叶子,那么新的叶子就会没有空间可以长出来。

生命的变化也一样,它每发生一次改变,我们就面临一次转变。当我们成功地完成转变,我们也就放弃了一部分旧的自我——这是个不断完成的过程。

所以,问题不在于生命改变了什么,而在于为什么改变。

为什么生命要你改变?

生命之所以要你改变,是因为你已经停滞,没有成长,你快枯萎了;你生命里之所以会有改变,是因为你要它改变。或许你不相信现在发生的改变是你引发的,但是在形而上学的层次上看却是如此,那是你内在灵魂的召唤。

但是我为什么找来自己不喜欢经历的事？我为什么要让人生变得更坏呢？

那是因为从你的心智来看，从灵魂的观点来看，任何形式的变化，都能带来成长和启发；以生命成长的角度来看，并没有"变得更坏"这回事。如果你要建造一个更好的房子，你可以拆掉旧有的房子，没有人会说你是在破坏，对吗？

破坏是为了要建设。在我们一生中，我们免不了会遇到类似的经历：失败、升迁、破产、生病、意外或生离死别。这些事以各种不同面貌出现，但是它们都会逼得我们不得不马上改变平常的想法和行为模式。

你的遭遇会影响你的思考、感受，与他人的关系、在特定情境的表现、面对不同处境的态度。

我不知道你的生活有什么改变，但我知道任何变化都会带来痛苦不安。因为所有改变都是具有破坏性的，即使是好的改变亦然。

如果你装修过房子，你一定很容易理解生命的转变，因为它们的过程很像——旧的一切在解体，新的一切尚未形成。人们在这一阶段通常会感到烦躁困惑，这是正常的。

有个病人在住院期间，同时面临疾病和婚变双重打击，她心情变得阴晴不定，她觉得自己快疯了。

我告诉她，她所经历的其实是"汰旧换新"的过渡期。

是的，如果她能意识到，她所经历的是改变过程中必然会有的感受，也许她就不会如此烦躁不安；如果她意识到，她所经历的是成长必经的道路，她心情也许会平静下来；如果她能觉悟到，结束表示她的新生命即将开始，也许态度就完全不同。

诗人艾略特说："开始就是结束，结束也就是开始，正是从结束之处让我们重新开始。"

所以，虽然改变会让人难以接受，虽然改变会让人害怕，我们还是应该欢迎改变。试着想象你所期待的事会发生，想象你拥有比现在更美好的人事物，你欢迎改变就像欢迎一个春天冒出的嫩芽、一个新生命一般。

记住，无论是什么东西结束了，它也是个开始。如果我们继续抓住那些旧有的叶子，新的叶子就会没有空间可以长出来，不是吗？

> 面对改变，许多人之所以深陷痛苦，就是因为只看到外在的变化，却忽略内在的转变。
>
> 变化和转变之间有一个重要区别：变化是外在生活的改变，转变是内在生命的改变。
>
> 你的生活遇到了变化，但真正要转变的是你。所以，因改变而痛苦的问题不在于你是否可以撑过去，而是用什么态度过。你会很乐观吗？还是沮丧？你是积极面对，还是避开呢？
>
> 我们真正要改变的是，改变我们对为什么会发生变化的想法。
>
> 当你明白所有故事都会有美好结局，只要你不再抱怨、恼怒，感觉受到挫折，或者不耐烦，那么你就可以改变对于当下处境的态度，你就是转变了，这也是改变的目的。

### 还好，感情会变

——谁的感情能永远不变呢？

"为何我跟男（女）友之间的感情会越变越冷淡？""为何我们之间没办法再像以前一样？"相信有不少正在交往中的男女，甚至已经结婚的人都有类似的心声跟困扰。

没错，感情是会变的。爱的感觉可以日益增长，自然也可能日渐消退；陌生人可能变为爱人，形影不离也可能变得貌合神离。

有这样一个故事。有个女孩失恋了，终日以泪洗面。她想不通为什么如此相爱的两人，如今彼此之间竟然失去了交集，变得貌合神离。

她每天向上天许愿，希望能跟男友重修旧好。

仁慈的天神听到了她的心声，于是出现在她的面前，对她说："我能够实现你的愿望，让他回到你的身边，永远爱你。"

女孩听了欣喜若狂。

但天神犹豫了一下，又对女孩说："但是，你真的要这样吗？你要不要稍微考虑一下？"

"为什么？"女孩不明白。

"因为我虽然能保证他永远爱你,却没有办法保证你会永远爱他。"天神解释道,"因为爱或不爱,只有你自己的'心'可以决定。"

女孩又问:"那么,如果有一天,我不爱他了呢?"

"他还是会深爱着你,这会让他痛苦,也会让你痛苦。"

听天神这么说,女孩犹豫了起来。

天神笑了,摸摸她的头,说:"孩子,如果你连自己的心都没有把握,又怎么能奢望别人的心永远不变呢?"

即使再怎么好的感觉,再怎么深刻的感情,也会流动变异。口味会变,性格会变,情绪会变,感觉会变,承诺会变,爱也会变,其实你也在改变。谁能永远不变呢?

人总以为爱就必须天长地久、海枯石烂,这也就是为什么当貌合神离了还"勉强"在一起,当没有了爱还"死缠烂打"。

还好,感情会变。就因为感情会变,才更需要经营;因为感觉会变,人才学会成熟处事;因为爱会变,人才懂得珍惜彼此。

所以,与其祈祷爱人不变心,不如让自己随爱而变,变得更贴心,更用心。

只有懂得变的人,才是真正懂得爱的人——爱既可以让自己为对方改变,也可以接受对方改变。

如果你不愿变,也许是你还不够爱对方,或不爱自己。

当你爱一个人的时候,不能勉强自己不爱他,不能假装自己不爱他;同样的,当你不爱一个人了,也无法勉强自己去爱他,或假装爱他。因为爱或不爱,只有你自己的"心"最清楚。

如果有一天,你不爱他,他还是深爱着你,这会让他痛苦,也会让你痛苦。反过来,他不爱你也一样。

所以,如果你还爱对方,何不放他自由?而如果你不爱他,为什么不放自己自由?

### 无常未必不好

——当你接受生活的各种变化，也许世事会是另一个样子。

多数人听到无常，常会往坏的方面想，好像一切事物终归消逝，一切努力都是枉然，因而感到宿命消极。还有些人，听到无常，心想：既然凡事无常，欢乐稍纵即逝，何不及时行乐？然而当欢乐过后，反而更加空虚与不安。

其实，无常并没有什么好坏之分。从有到没有虽是无常，但从不好变成好也是无常。昨日的璀璨亮丽，不代表明日闪亮依旧；今日雷雨交加，也许明日艳阳高照。"好的"会过去，"不好的"一样也会过去。所以，无常未必是不好的。

人们之所以会把无常看成负面的，是因为人们希望好的永远好下去，不好的永远不要来。这当然不可能。有生必有死，花开必花谢，时有春夏秋冬，月有阴晴圆缺，人有悲欢离合以及生老病死，自然有风灾、水灾、地震等，这些都是常态，都是一种自然的现象。

无常并不意味着痛苦、烦恼必定尾随在后。人们之所以为无常所苦，是因为"不接受"。当你痛苦难过的时候，你注意过吗，你一定是在抗拒,因为你不愿接受那个事实,所以痛苦难过,对不对?

你不想接受,但它还是会发生,心里愈不能接受,感受到的苦就会愈严重。基本上,一切苦的产生不外如此。

我们都希望一切不变,但一切不变真的就好吗?

假如世间一切都是定型的,都没有变化,生命又怎么可能精彩动人?人若没有生灭,老的永远都是老的,小的永远都是小的,又怎么会有现在的你?假如没有无常,那些有钱有势的人不就永远得意?落魄潦倒的岂不永不得翻身?那人又何必奋斗?

无常是一种"可能",或者,更精确地说,"无常就是转变的可能"。因为无常,人才有未来,才会有转机;因为无常,人生才充满各种可能和希望。

一切现象不断在变化是"平常",在变化之中有许多新的现象发生是"正常",变化之中没有永恒不变的东西是"无常"。经常变化的东西虽不能永恒,却不等于没有。比方说,爱人离去,爱成了空,但爱的感受却是真的,曾有的美好回忆也是真实不假,就算人事已不在,爱并没有因此消失。

因缘聚合,缘尽而散。人要学习的是以平常心看待无常。因为知道无常,便晓得成败得失来来去去,苦不会是永远的苦,乐也不会是永远的乐,都只是暂时的现象。就因为短暂,平常就该珍惜,而当无常到来也能以平常心看待。

有个大师说:"当平常变得不平常,不平常变得不平常,那么开悟已露曙光。"

你觉悟了吗?

无常是正常，这是世间的本质 也是生命的真相。

认清无常，就不会彷徨；

了解无常，就不会抗拒；

看透无常，就得到解脱。

铃木禅师说："解脱不是去放弃世界上的东西，而是能接受它们的离去。"

每件事物都是无常的，它们迟早都会离去，而解脱是一种不执着的状态，让我们能接受这种分离。

## 大不了也只是"回到原点"

——人生终了，都是回到起点。

人生其实是由许多匆匆流逝的体验组成的，我们只要回顾过去几年的时光就可以发现这点，所有人事物都不停地消失、失去。

不管我们一生中能拥有多少幸福——慈爱的双亲、友爱的兄弟姐妹、恩爱的伴侣、至爱的儿女、可以谈心的朋友——当无常一到，终究会失去，只是时间早晚的问题。

当死亡来临，我们的财产、事业、名位也都会消失。我们最喜欢、最爱的这个那个，什么也带不走，所有的一切在我们离开时，我们都得放掉。

"凡聚合的终将分离，升起的必然落下，相遇的也要道别，生命终将以死了结。"有一天"生离死别"必然会到来，这就是人生的实相。

一个有所领悟的人，应该在拥有的同时，就洞悉了失去；在得到的瞬间，也看见了将来失去的必然。这样的人生实相，若我们能愈早认知，就愈能坦然以对。

在我们来到人世之前，原本是单独一个人，在我们离开人世时，也是单独的,我们只是"回到开始"。

在我们认识某人之前,原本是自己一个人,在那个人离去之后,我们只是"回到当初"。

音乐家鲁宾斯坦曾因为失去所有而万念俱灰,后来他自杀不成时,忽地反问自己:"为什么我要结束生命?"本来人出生时就是一无所有,没有金钱,没有伴侣,也没有朋友,什么都没有,而再次失去这些,那又有什么好可惜的?

当我们来到人世,我们本来就是两手空空,走的时候也是两手空空。我们本来就是从零开始的,就算失去,大不了也只是"回到原点",不是吗?

---

生命是一连串的割舍,为我们最终舍弃人间躯壳的最后一幕预先排演。

有缘起,就有缘灭。人生仿佛一场旅行,途中所见风景尽管再美,我们也不可能用行囊包装带走,所有因缘起聚合的,到生命终了也将因缘灭而各奔东西。

就因为失去必然会发生,分离必然会到来,所以当拥有的时候,我们就要懂得珍惜;当失去的时候,也不必太失落。

在清晨时分绽放的花朵,到了傍晚时也许枯萎凋谢;随着日出而来的幸福,也许会随着日落而去。所以,不要执着,不要抗拒,只要好好珍惜把握当下!

## 每个人都有自己的烦恼

> ——每个人都会有无法接受的事，这是烦恼的根源。

每个人都有自己的烦恼。

这看似简单的一句话，却是伟大的真理。因为一旦我们了解并接受这个事实，就会对人生遭遇不再那么耿耿于怀，也不会总是怨天尤人。

一位老友辛苦了好长一段时间，好不容易拿到博士学位，房贷也缴清，同时发表的论文又受到国际瞩目，眼看一切都海阔天空，没想到此时竟传来他太太患癌症的消息。

我们总是只看到别人成功及幸福的一面，却很少注意人家所付出的努力和代价，而且世上根本没有十全十美的人事物，只是大家没看到不完美之处罢了。每个人都有自己的烦恼。

真实世界与童话世界完全是两回事，没有人能"从此过着幸福快乐的生活"。我们无法逃避生命的真相：生命是不完美、不圆满、不如意的。

有伴侣的人会因有了伴侣而烦恼，没有伴侣的人也会因为没有伴侣而烦恼。没钱的人会烦恼,有钱的人也会烦恼,因为有钱的人心里老想着该怎么处理他们的钱,是要投资呢,还是不投资?投资又怕有风险。

有人向古希腊智者庇塔乌斯诉说生活的烦恼。

庇塔乌斯劝慰对方说:"每个人都有自己的烦恼,我的妻子便是我的烦恼。但是,我要说只有这种烦恼而没其他烦恼的人是有福的。"

可见烦恼是非常普遍正常的事,我们根本不必"自寻烦恼"。

从前,有一个人总觉得生活不快乐,虽然他也知道那些让自己不快乐的事情其实没什么大不了,但是他就是怨天尤人。于是,他前去找禅师指点迷津。

他说他是个农夫,也喜欢种田,不过,有时候老天不下雨,有时候又下太多,他的收成始终不理想。

他有老婆,老婆也很贤淑,但是她有时候很烦人,他觉得有点厌烦。

他有孩子,孩子也算乖,不过就是不爱读书,而且……

禅师耐心地听他讲,直到他讲累了为止。讲完之后,他期待地看着禅师,希望禅师能够为他指条明路。

但是禅师却说:"我没办法帮你的忙。"

他感到不解:"我以为你什么都懂,一定可以帮我。"

禅师说:"每个人都有烦恼。事实上,凡是人都有八十三种烦恼,而且对这些烦恼也都无可奈何。解决一个问题,另一个就取而代之,你永远都有八十三种烦恼。譬如说,你会死,对你来说那是烦恼,而且又逃避不了,但你、我、任何人都无可奈何。我们每个人都有这样那样的烦恼，那是去除不了的。"

他很生气，于是质问禅师："那你说的那些法还有什么意义？"

"我说的这些法可以对你的第八十四种烦恼有帮助。"

他问："第八十四种烦恼？那是什么烦恼？"

禅师说："你不想要有这八十三种烦恼。"

你不想要有任何烦恼，其实是"自寻烦恼"，也就是第八十四种烦恼。因为那是不可能的，每个人都会有自己的烦恼。

> 烦恼是怎么来的？当你不想接受或面对某件事时，这件事，就会变成你的烦恼。
>
> 或许社会的经济景气不好，你没钱也没工作，但你为什么烦恼？你可能会说："没钱也没工作我会饿死，所以我烦恼。"但烦恼能让你变有钱吗？烦恼可以让你找到工作吗？显然你的想法是庸人自扰，对吗？
>
> 世界本来就没有所谓的烦恼，你只要接受，让人事物按照它本然的样子存在就可以了。如果你排斥或加以干涉，你将陷入困难和痛苦，这就成了你的烦恼。
>
> 人不想要有任何烦恼，却没有想到，自己就是所有烦恼的根源。

## 我们无法控制我们无法控制的事

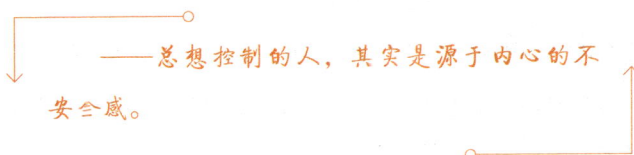

——总想控制的人，其实是源于内心的不安全感。

你会因为无法控制别人而生气吗？

有个先生常因等太太一起出门而等得不耐烦，而一再被催促的太太也很生气。他们从结婚以来一直都这样。

为什么一直这样？因为先生无法控制"动作慢"的太太，而太太也无法控制"性急"的先生。他们想控制自己"无法控制"的事，这就是一直生气的原因。

我们无法控制我们无法控制的事。

所以，我们应该先了解，什么是我们能控制的，什么是不能控制的。

你能控制天气吗？你能控制别人的个性吗？你能控制他们对你的态度吗？你的婚姻、小孩、健康、事业、人际关系，都是你能决定，按你的期待发生的吗？在工作上你可以决定晋升吗？在投资上你可以保证获利吗？你能确定你爱的人就一定会永远爱你吗？你对一个人好，他就会对你好吗？

那是不可能的，这些都是我们无法控制的事。如果我们耗费时间和精力在自己无法控制的事情上，我们只会更觉无力，把自己变成受害者。

那我们能控制什么？我们能控制的就是自己，包括我们的态度、选择，以及如何看待发生在自己身上的事情。说得更简单一点，我们能控制的就是自己对事情的反应。

有一个学生，她代表学校参加一场球赛。球赛举行前的一个礼拜，她听说敌队有位球员嘲笑她球技差劲。她没有对这个批评一笑置之，而是怒气冲冲，气得不得了，整个礼拜都在想这件事。最后由于她太想力求表现，反而连连失误，最后输掉了比赛。

这是谁造成的？

是敌队的那个球员造成的？是压力造成的？是裁判造成的？还是她自己造成的？

答案当然是她自己。因为她把心思全放在了自己控制不了的事情上（别人对她的评语），以致失去了她能控制的唯一东西，也就是她自己的表现。

想象一下，有一个人在街道上走着时，有部车突然从巷子冲出来，差一点就撞到他。这个人可能会有几种反应？

第一种"愤怒反应"：他可能大骂这部车的驾驶员，或冲向前去找驾驶员理论。

第二种"受害反应"：这次经验会让他从此走在马路上都提心吊胆，并且把自己的这一经历对别人重复讲上好几次。

第三种"漠然反应"：他觉得没什么，继续向前走。

第四种"同情反应"：他觉得这样开车实在很危险，为对方祈祷，希望他能平平安安。

发现其中的差别了吗？

同样的状况，但却有完全不同的结果。为什么呢？其中的差别，就在于你如何反应。

你或许无法控制意外是否发生，但你可以控制你对意外的反应。

你或许无法控制伴侣，但你可以控制你对伴侣的反应。

你或许无法控制别人的恶行，但你可以控制你对恶行的反应。

在人生中大部分事情都是我们无法控制的，你唯一能控制的就是自己。而如果你能控制好自己，你就能控制一切。就像前面那对夫妻，若都能改变一下自己的反应，又怎么会每次出门都生气？

反之，如果你想控制"你无法控制"的人事物，它就会反过来控制你。像前面那对夫妻，不就被彼此的愤怒所控制吗？还有那个学生，不也被敌队的那位球员所控制了吗？

是的，你不想被控制，就看你如何反应。

> 你无法阻止下雨，但你可以撑起雨伞；
> 你无法平息海浪，但你可以乘浪而行；
> 你无法改变容貌，但你可以展现笑容；
> 你无法控制别人，但你可以改变自己；
> 你无法预知明天，但你可以把握今天；
> 你无法决定生命的长度，但你可以决定生命的宽度和厚度。
>
> 你无法控制发生在自己身上的事，但你能控制自己对这件事情如何反应，而你的反应将影响接下来发生的事情。最后你将发现，其实你也能控制一切。

## 让"人生"帮你驾驶吧!

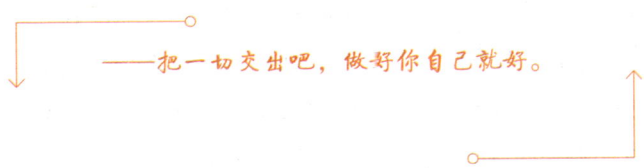

——把一切交出吧,做好你自己就好。

不久前,我去看一场表演,因为舞台太小,演员在做回旋翻滚动作时都快到舞台边缘了,结果整场表演我一直在担心,生怕有人会摔下来。我坐车时,也总是紧盯着司机,想确认他是否稳稳当当地驾驶。有次我搭乘游览车行经中横,我就是这样一路盯着司机,担心他的技术,担心他不够专心。我坐在车子中间座位上,我这样盯着司机又能改变什么呢?

这时我才恍然大悟,我是在为不必要的担忧而浪费气力,我出来的目的是观赏山峦美景,而现在我却视若无睹,满脑子想的都是车子会不会翻落到山谷底下。

如果问题解决得了,何必担心?
如果问题解决不了,何用担心?

与其担忧问题,不如寻找解决的方法。而如果问题解决不了,若问题不是你能控制的,那就根本不需要担忧,因为再担忧也于事无补,不是吗?

在这种情况下，就交给"人生"去掌控吧！

我们必须相信，发生在我们身上的事情，必定也会是最好的安排。你越早交出掌控权，你的心也就越能放下，这是我的体悟。

在生命里，有太多我们无法掌控的事，就像已经坐上了游览车，所有的方向、旅程、速度，都已交由驾驶员在掌控，我们无须做什么，努力什么。在车上奔忙，车并不会比较快地到达目的地，何不试着放松心情，享受沿途的风景。

> 生命宛如一条河流，你只需要放轻松，河流怎么流，就随着它流动，跟随那河流翻山越岭，流经小溪，穿过平原。
>
> 如果你不在乎去哪里，你就不可能迷路；如果你高高兴兴地去，那么每一条路都将是美好的道路。

### 这也将会改变！

——信念能带给人力量 比财富更有价值。

从前印度有一个富有的老人，死后留下两个儿子，兄弟俩按照印度传统风俗同住在一个屋檐下。时日一久，他们开始有争吵，于是决定要分家，将所有家产平均分配。但是兄弟俩把一切都均分好后，他们却发现了一包被父亲仔细收藏的东西。打开后发现是两枚戒指，一枚上面镶有一颗值钱的钻石，另一枚则是普通的银戒指。

一看到钻戒，哥哥立刻就起了贪念，于是告诉弟弟说："我认为这枚钻戒应该是祖先留下来的传家宝，这是父亲之所以将其另外收藏的原因。既然是代代相传之宝，就应该继续传下去。我是长子，自然应由我保存，而你就拿那枚银戒指吧！"

弟弟笑着说："好的！我很高兴有银戒指，但愿钻戒能使你快乐。"两人分别将戒指戴上手指，就各自回去了。

弟弟回家后心想："父亲保存钻戒的理由是可以理解的，但保存这只不值钱的银戒又是什么道理呢？"于是他仔细检视这枚银戒指，发现上面刻了几个字："这也将会改变。"

"喔！这一定是父亲留下的箴言了：'这也将会改变。'"他将这枚戒指又戴在手指上。

兄弟俩后来都面临到人生际遇的高低起伏。遇到顺境时,哥哥变得趾高气扬,丧失了心态的平衡;遇到逆境时,则变得极度沮丧,同样没保持心态的平衡。他变得焦躁易怒,失眠,身体每况愈下。

至于戴着银戒指的弟弟,虽然际遇也是有起有落,但他会看着戒指心想:"这也将会改变。"当好运改变时,他会这么想:"我早知道它终究会改变,没什么好担心的。"当遇到逆境时,他同样看着戒指心想:"这也将会改变。"他体会到人生各种际遇是不会永远不变的,所以凡事都能以平常心看待,而终其一生过着安稳幸福的生活。

不要对人生起起落落太在意。幸福会来,不幸也会来,生意有得有失,境遇有好有坏,生命中的人来来去去,所有状况都是暂时的,没有一件事会永远不变。我们会觉得痛苦沮丧,全因为我们患得患失,心才会难以平静。你觉得快过不下去,其实你只是和当时的自己过不去。

达摩说:"得失从缘,心无增减。"一个觉悟的人,就是懂得随遇而安的人,当阳光灿烂,去享受,但是不要执着;到了夕阳西下,夜幕低沉,也无须感伤。

铃木禅师说:"不会永远如此。"

是的,不会永远如此。不管你现在是得意或失意,这也将会改变!

人生的轨道就像一个圆，无论苦乐，人们都在里面循环着。很多现在让你痛苦难过的人事物，过去也曾让你热烈渴望不已；现在让你喜爱的人事物，也许未来会让你痛苦难过。

所罗门王便将"此事亦将会过去"这句话刻在他的戒指上，以随时提醒他珍惜好时光，并安然度过不好的处境。

看花开花落，或许感伤，但我们知道不久花儿一样会开、会落。在生命当中，所谓的开始和结束都是假象，没有什么东西是开始，也没有什么状况是结束，每一样东西都在变化，每一种状况都会一再改变。

没有永留不去的黑夜，也没有永不到来的白天；当寒冬来了，春天就不会太远了。一切都会过去！

## 一切只会变得更好

——有些人，在挫折里沉沦，有些人却能变得更好。

这世上，没有任何事物会变得更坏，一切都是好事，一切只会变得更好。这是真的，我知道一般人很难相信。

如果有人刚被欺骗，或受到伤害，或失去工作，失去至亲，一定会认为这根本是胡扯，当然更不会相信"一切都是好事"。

在课堂上，当我这样说，学生们也曾提出各种质疑。"我跟男友分手，我家遭小偷，我最近生病被送急诊，这难道也是好事？"

是的，这都是好事。我说：会跟男友分手，就表示你不爱他，或是他不爱你。两个不相爱的人能分手，不是好事吗？

家里遭小偷，也是好事。我敢说至少你以后会特别注意家中安全，而且也会少买太贵重的东西，对吗？

那病倒呢，这难道也是好事？

没错，这样你才会开始注意身体健康，改变饮食或作息，定期做健康检查，说不定还会开始运动。如果你没病倒的话，也许你永远不会这么做。

好处还不止这些。如果病得够严重,你可能因此改变人生观,对生活和工作态度也会不同,一切只会把你带往更好的方向。任何你经历过的倒霉事件,也是同样的道理。

你应该也常听到有人感谢他们所经历的灾难,那些原以为的灾难,最后却成了他们感谢的对象。

一位女企业家回忆起过去,当她谈到造成她婚变的第三者时,她说:"有时还应该感谢她,若不是她的出现,我的婚姻仍停留在一潭死水的状态,我就不可能离开他,更不可能自己创业。"

一位杰出的直销商说:"如果我没被解雇,或许永远不会认识这个事业。以前我拥有稳定的收入,我一直以为自己会就此终老一生;现在我相信,上帝有时候会刻意拦住前路,让我们转换方向。"

我听过许多这样的故事,虽然各异其趣,但却有个共同点:最严重的危机,往往成了一生的转机。

我想起一则故事:

第二次世界大战期间,一艘船被炮弹击沉,全船只有一个人幸存,漂到一座孤岛,在岛上艰苦地活了下来。他感到非常无助,只好天天站在岛上摇举白旗,希望有路过的船只能过来救他。

可惜一直都没能如愿,他真是失望透了。

有一天,他千辛万苦搭盖的茅屋,不知怎么回事突然起火,火势一发不可收拾,把他所有的家当都烧个精光。他简直无法相信会发生这样的事,伤心之余,不禁埋怨老天说:"我只身在这个小岛已经够惨了,怎么连唯一的栖身之处和仅有的一点东西都化为灰烬!老天啊,你为什么要逼我走上绝路呢?"

正当他沉浸于伤心和绝望的时候,忽然有人驾船来救他。他惊喜之余,不解地问来人:"你怎么知道岛上有人呢?"

救他的人说:"我们起先也不知道,但是看见岛上火光冲天,觉得很奇怪,船长派我们来看看,没想到真的有人。"

他起初的埋怨全变成由衷的感激,原来上天借这把火救了他。

南非有句谚语:"凡是祸患,皆是福根。"

我的人生经历过几次挫折。每当跌入谷底时,我总会告诉自己:"前头有个更大、更好的东西等着我。"

是的,如果现在已经到了谷底,那也代表你准备往上爬,事情只会越来越好。黑暗最深的时刻,也就是最靠近光的时刻;在命运最挫败的时候,往往会出现最好的机会。这是真的,一切只会变得更好!

请回顾你生命中曾经有过的混乱与挫败。它们有没有为你的生命打开另一扇门？你有没有因而更坚强或更聪明？你有没有因此学到了经验或教训？

《天地一沙鸥》作者理查德·巴哈说得对："没有一件麻烦没有连附一份礼物给你。"无论碰到什么事，试着去看种种可能性。想想看："这事情有什么好的一面？"每一个逆境都有一份祝福，每一个灾难都带来一份礼物。

记住，天真的很黑的时候，星星就会出现。

### 金币在哪里?

——回到你的家,你所有想要的就在你自己手里。

从前有个开罗人,一天到晚想发财。日有所思,夜有所梦,有一夜,他梦见从水里冒出一个人,浑身湿淋淋的,一张嘴,吐出一个金币,并且对开罗人说:"你想发财吗?有成千上万的金币正等着你呢。"

开罗人急着问:"在哪里?在哪里?我当然想发财,我都想得快发疯了!"

"好,"那吐金币的人说,"想发财,你就得去伊斯法罕,只有到那里才能找到金币。"说完他就不见了。

开罗人醒过来,辗转反侧,再也睡不着。

"天哪!伊斯法罕远在波斯啊,我到底去不去呢?去的话,我必须穿越阿拉伯半岛,经波斯湾,再攀上扎格罗斯山,才到得了那山巅之城。我很可能死在半路。"开罗人想,"但是不去,我这辈子大概就发不了财了。"

就算去,他也不见得一定能发财,谁能相信梦里的事?但是不去,他必定会悔恨。

经过几天内心的挣扎,开罗人还是决定冒险。他千里跋涉,历经了许多艰难险阻,终于风尘仆仆地到达了"山巅之城"——伊斯法罕。

天哪!开罗人来到伊斯法罕后发现这个国家不但穷困,而且正闹土匪,他随身带的一点值钱的东西都被土匪抢走了。

好在当地的警卫及时赶到将土匪赶跑,救了奄奄一息的开罗人,并喂他吃东西、喝水,将他救活了。

"听口音,你不是本地人。"警卫队长说。

"我从开罗来。"

"什么?开罗?你从那么远、那么富有的城市,到我们这鸟不生蛋的伊斯法罕来干什么?"

"因为我梦见神,他给了我启示,只要到这里来就可以找到成千上万的金币。"开罗人坦白地说。

警卫队长大笑了起来:"笑死我了,我还常做梦,我在开罗有个房子,后面有七棵无花果树和一个水池,池底藏着好多金币呢。真是胡说八道,快滚回你的开罗吧,别到伊斯法罕来说梦话了。"

开罗人衣衫褴褛、一无所有地回到了开罗,邻居看到他的可怜相,都笑他疯了。

但是,回家没几天,他就成了开罗最有钱的人。

因为那警卫队长说的七棵无花果树和水池,正在他家的后院。他在水池底下,挖出了成千上万的金币。

故事中的开罗人有没有白去伊斯法罕这一遭?当然没有。虽然金币就在他自己家里,但是他不去伊斯法罕,就不会知道。

我们的一生不也像这样吗？每个人都到远方找寻宝物，财富、权力、前途、梦想、幸福、快乐，每样东西你以为都是你的宝物，否则你不会用心去找，对不对？

但你找到了吗？

你以为宝物的关键在金钱、权力、声望，但随后你见到那些有钱有势、有名有利的人也在找寻。所以，财富不是答案，名望也不是答案，因为即使得到再多，你还是觉得空虚、不满足。你没找到宝物，反而寻到了烦恼，自然的，你不禁怀疑人生有何意义，是不是白忙一场。

但是从你疑惑并试图寻找答案的那一刻起，答案便已出现。因为这份自觉，就是觉悟的开始，就像警卫队长的一番话。

所有的宝物，不在外面的世界，也不在别人身上，它就在你唾手可得的身边。

> 回到你的家，答案在这里，不是在外面。
>
> 找到你自己，回头看看自己，而不是别人。找了大半生，你该觉悟你永远也不可能在别人身上找到你自己了。
>
> 回到你内心，你要的宝物——幸福、快乐、富有、满足，都在这里。每天你携带着自己的宝物，还到处问别人你的宝物在哪里？傻瓜！

## 从此不再烦忧

——觉醒自我，是必须完成的修炼。

有一个富翁跑去找禅师，请求开示，他说："我听说你是普天下最有智慧的人，我想请你帮我。我虽然不愁吃穿，但我就是每天忧愁烦恼，舍不得花钱。每次老婆多买了一点东西，我心里就会不高兴；如果今年赚的钱比去年少，我也会寝食不安。我也知道这世间困苦的人很多，自己已经很幸福了，可我就是放不开。也因为这样，我常常跟亲人闹得不愉快。请禅师帮助我，分析一下我的状况，看我该怎么处置？"

禅师听了之后说："如果有个人梦到他的头不见了，醒来以后吓得哇哇大叫，觉得很恐怖，那接下来该怎么办呢？"

富翁愣了一下说："我不知道怎么回答这个问题，因为那是梦，头也还在他的脖子上，那就好了啊！"

禅师说："那么该怎么处理那种恐怖的感觉呢？"

富翁说："过一下子，恢复了清醒，应该就没事了吧？"

禅师说："那需要回到梦里，去研究为什么头会不见吗？"

富翁说："不需要呀！何必研究梦里的事情，醒来就好了。"

禅师点点头，微笑说："是的，与其去研究自己的烦恼忧愁，还不如恢复清醒就好了。"

烦忧显示什么？它显示你没有醒来，它显示你还在做梦。假如你为噩梦所苦，你所需要做的便是让自己醒过来，其他的都不需要做。你发现你好端端地躺在床上时，你才恍然大悟，原来最高的释梦法就是"自我觉醒"。

《金刚经》开示："你可以拥有一切，但你要知道实际上你根本没有拥有过什么东西。"当你有所觉醒，你就会看出世上一切皆是空，一切不过是一场美丽的梦——房子、车子、妻子、孩子、银子，都只是梦，而梦境终会结束，没有什么梦可以永远持续下去。所以，何必执着呢？

人们所有的苦，都是源于执着。只要你执着于某个东西，你就会因为害怕失去它感到焦虑，因为无法拥有它而又感到挫败，这份执着便是苦的本质。

拥有钱财、名位、感情、欲望这些，原本并没有什么不好。因为不是钱财让你贪婪，不是名位让你堕落，不是感情让你疯狂，不是欲望让你痛苦，真正的原因是执着。

是的，是执着，是你执着于钱财名位，是你执着于那个人、那个东西，才让你烦忧。

这个世界上有太多烦恼，所以有许多人不约而同地向禅师问了一样的问题："我该怎么做，才能不再烦忧？"

禅师给的答案都相同："只要放下，你就能不再烦恼。"

有个自以为聪明的人很不服气，便前去找禅师，挑衅地问：

"世界上有千百万种烦恼，但是你给他们的解决方式都相同，那岂不太可笑了?"

禅师没有生气,只是反问男子:"你晚上睡觉的时候,会做梦吗?"

"当然会!"男子回答。

"那么,你每天晚上做的梦,都是一样的吗?"禅师又问。

"当然是不一样的。"

"你睡了千百万次,就做了千百万个梦。"禅师微笑地说,"但是要结束梦的方法,却都是一样的,那就是'醒过来'!"

男子听到禅师的回答,哑口无言。

> 世界上有千百万种烦恼,解决的方法只有一种,那就是觉醒。
>
> 我们就像小孩子在沙滩上盖城堡一样,用海沙、贝壳、浮木等装饰这一座城堡。我们怕别人碰,怕别人占去,我们是那样执着。然而不管你如何保护,潮水终究会把它冲走。
>
> 做梦是"迷",醒来则是"悟"。当你知道你所执迷的不过是幻梦空花,何不把心放下来,尽情地享受但不执着,时间到了,就让它回归大海?没有执念,不起纷扰,如是云淡风轻。

### 这不是白忙一场吗？

——别总想着幸福，生活从来不缺磨难。

生命就像捧在手里的水，从拥有生命的那一刻起，无论我们的十指如何拼命地靠拢，我们如何小心翼翼，水还是无情地一点一滴渗漏。

凡是我们牢牢抓在手上的东西，终究会离开我们，只是时间早晚的问题。人生就是拥有和失去的不断循环。

当我们拥有得愈多时，相对的，也就失去得愈多，失去得愈多痛苦也就愈多。

既然如此，大家不免要问：既然拥有最终都会失去，而失去又带来痛苦，那又何必拥有？这不是白忙一场吗？

当然不是。

我们就拿爱情来说——多数人都有分手的经历——如果说既然早晚会分手，为什么还要交往，那请问，人早晚都会死，为什么还要活？

其实就因为有悲欢离合，爱才精彩动人，人们才能从中学到人生课题，才体验到什么是爱，不是吗？若一片空白，到老来蓦然回首，没有一点值得回忆的爱恨缠绵，那才是白活了。

说一则故事：

> 有一只狐狸，在路上闲逛时，眼前忽然出现一个很大的葡萄园，里面果实累累，每颗葡萄看起来都很可口，让它垂涎欲滴。
>
> 葡萄园的四周围着铁栏杆，狐狸想从栏杆的缝隙钻进园内，然而因身体太胖了，钻不过去。于是狐狸决定减肥，让自己瘦下来。它在园外饿了三天三夜后，果然变苗条了，终于顺利钻进葡萄园内。
>
> 狐狸在园内大快朵颐，葡萄真是又甜又香啊！不知吃了多久，它终于心满意足了。但当它想溜出园外时，它却发现自己又因为吃得太胖而钻不出栏杆，于是只好又在园内饿了三天三夜，瘦得跟原先一样时，才顺利地钻出园外。

如果我们从结果来看，这狐狸似乎白忙一场。但重点就在过程，你看这狐狸在葡萄园内吃得多么快乐，多么享受啊！即使最后肚子还是空的，也了无遗憾！这才是关键。

生命也一样，不是因为失去而白活，而是因为欠缺体验才白活。

一般人在拥有时喜悦、失去时悲伤，因而总是患得患失。一个觉悟的人不会如此，因为他知道过程才是最重要的，无论拥有和失去，都只是为了帮助我们成就圆满的生命。

我曾读过一个寓言：

圣人问三个凡人:"你们来到人间是为了什么呢?"

第一个人回答:"我来到这个世界是为了享受生命。"圣人给他的答案打了五十分。

第二个人回答:"我来这个世界是为了承受痛苦。"圣人给他的答案也打了五十分。

第三个人回答:"我既要承担生命给我的磨难,也要享受生命赐予我的幸福。"

圣人给第三个人打了一百分,因为前两个人只答对了问题的一半,而第三个人才答对了全部。

没错，既要承担生命给的磨难，也要享受生命赐予的幸福，才是满分的人生，也才是圆满的生命。

人生有得必有失，而失去是必然的结果，因此如何看待就显得非常重要。如果你认为它是失去的东西，就像从你身上切下的一块肉，你当然会觉得伤痛。

相反，如果我们能从成就圆满生命的角度来看——不再沉溺于痛苦的感觉当中——你会发现，在失去的同时，也得到了什么，或许得到的东西比失去的更为珍贵。

人生重要的不在"失去什么",而在"学到什么"。

所以,不要从"失落""失败"的角度看事情,试着想想"得到了什么",并学习思考得失的相对性。

要不是过去的失败,你可能有现在的成功吗?要不是以前走错了路,你会发现这条新路吗?要不是分手了,你有机会跟现在这个人在一起吗?要不是曾经错失了那些,你可能拥有现在这些吗?

是得还是失,全以你的视野而定。如果你只看眼前,也许是失去;如果拉长时间看,反而是得到。如果你注意的是失去,你就只有失去;如果你看见的是得到,你就真的得到。

## 上天从未希望带给人痛苦

——人之所以痛苦难过，都是因为我们把自己的幻想强加在真相上。

一些人活在痛苦中，原因就在他们不接受真相。

留意一下，当你生气时，你气的到底是什么？是眼前发生的事不合你的意，还是事情没有照你所想的方式发生？

有时你难过，请问你为什么难过？是因为你没得到你想得到的，或失去了你不想失去的东西？

当你痛苦的时候，你注意过吗，你一定是跟"真相"在对抗，因为你不愿接受那个事实，所以痛苦，对不对？

只要我们"眼前的真相"跟"想要的真相"不同，就会产生痛苦。

有时事情就是发生了——先生外遇、车子被撞、钱被骗、小孩生病、家人发生意外——你能怎么办？没有人希望自己的小孩生病，也没有人愿意家人发生意外。但是，一旦发生了这些事情，不断地抗拒有用吗？

比方说，你讨厌夏天炙热难受，蚊虫又多，而显然，你也无法改变什么。如果你接受了这个事实，那它就不再是个问题，然而如果你不断抱怨、排斥，那它就成了你的问题。

我认识一个住在渔港的人，那里经年累月刮着风沙，他也痛恨那地方。但是如果要住下来，就必须接受事实真相，否则能怎么办呢？你能叫风不吹吗？去对风生气，跟风过不去，根本无济于事，对吗？

"真相"从不会令人感到受挫折难过，人之所以感到受挫折难过都是因为我们将自己的幻想强加在真相之上。

爱人离开你，你愤恨，伤心。其实，并不是失去爱人在产生痛苦，而是你认为"他应该永远爱你"在让你伤心，是那个"他不应该离开你"让你产生愤恨，是你抗拒事实的真相而产生了痛苦。

亲人生命结束了，你为什么悲痛？他已经过完他的一生，活到"他生命"的终点，而不是你认为"他应该活"的终点。是你在抗拒事实真相才会如此悲痛，对吗？

抗拒事实的真相，就像是在对秋天的枯树说："不，树叶不该枯掉，我要你长出绿色的叶子。"然而眼前的季节，树不可能长出绿叶，这是无法改变的事实，想去改变只是自讨苦吃。

人们希望得到解脱，希望去除内心的痛苦，但大家却依然痛苦。为何如此？

所有的内在抗拒都会以不同的负面形式被我们经历到，诸如烦恼、沮丧、郁闷、暴怒、悲伤，甚至自杀的绝望。

当你感觉到上列情绪时，请你检视当下这一刻的体验。当下这一刻你内心发生了什么事？你看到了什么？你会发现，一方面你看到了所发生的事，另一方面你并不想接受那个正在发生的事，对不对？

是谁创造了这个痛苦？是你。而你却试着去改变它，要怎么改变？除非你自己先改变。

不要试着去改变任何东西，这就是臣服。

臣服并不是改变真相，臣服改变的是你。当你改变了，你的整个世界也就跟着改变，因为你已经不同了。突然间，有一扇门会打开，黑暗会消失，太阳升起了，你开始看到从来没有看到过的东西，看到全新的世界。

---

这世上没有一条河流是直的，因为水会往阻力最小的地方流，时间长了就变成河流。你无须指引，水最终会顺流进入大海。

你全然接受的人和事物带你进入和谐平静，这就是臣服的奇迹，也就是所谓的开悟。

"禅"是接受世界的一个态度。所以，一个有信仰的人会接受外境的状况而不会受到干扰。

当我们放下抗争，敞开心面对事情的本貌，我们就能安住当下。这是灵性修行的起点，也是终点。

## 人生是来体验的

——人生的圆满，不是避难离苦，而是走过崎岖艰难。

生命就是一连串的经历，每个经历都有它发生的理由，每个经历都会把我们推向更美好圆满的生命境地。

一个人生命圆满与否，就在于他是否愿意去体验这一切：悲、欢、离、合，酸、甜、苦、辣，喜、怒、哀、乐，生、老、病、死，和所有的不如意、不圆满。

我们来到人世间，是为了体验当"我"的感觉。而来体验的那个灵魂（本体），才是真正的我，身体不过是灵魂的工具而已。

所有的经历，不管是好的或坏的，快乐的、不快乐的，都没有差别。我们从来不是那经历者，我们一直都是那经历的觉知。

因此，尽量去经历，不要把生命看得太严肃，带着游戏的心情去享受，当你悲伤的时候，享受你的悲伤；当你开怀大笑的时候，享受你的喜悦。快乐，会随着时间变成记忆；痛苦，也会成为很美的回忆。

你会走上高峰，也会跌落谷底，因为人生总有高低起伏。若是一直停留在高音的亢奋，你又怎能体会低音的深刻凄美？

生命的圆满，不是避开崎岖起伏，而是走过崎岖起伏。有人为了远离人世的苦恼而进入修道院，或跑去修行，那都是搞错了。"逃避"和"看破"是完全不同的，其实世间才是最好的道场。

> 生有时，死有时；
>
> 栽种有时，拔毁有时；
>
> 哭有时，笑有时；
>
> 哀恸有时，欢跃有时；
>
> 抛有时，聚有时；
>
> 寻获有时，散落有时；
>
> 得有时，舍有时；
>
> 爱有时，恨有时；
>
> 战有时，和有时。

这是"智慧之王"所罗门王的一首诗歌，传达了人世的无常。所以，我们要尽情地去体验，活在当下。

世间的一切都是如此，随着因缘际会而消长。无论你在当时有多快乐、多享受，或是多痛苦、多难过，所有的时光很快都会过去的。

体验过程，才是此生的目的。把自己的体验当作一份生命给的礼物，如此你便能认识到，不论你的际遇是顺或逆，是贫或富，都只是人生戏码和功课的一部分，目的是为了让灵魂进一步成长。

不论你心中有多大的痛苦和沮丧，本质上都与你无关，因为你不是你，你只是来体验这一切的本体。只要能够了悟这点，你就解脱了。

痛苦和沮丧不是你的生命，只是你的人生处境。就像我们睡觉时能够认出自己正在做梦，虽然这并不会改变自己的梦，我们也仍然觉察到梦的景象及内容，但是彼此之间有些距离，我们知道自己是在做梦，而且与梦同在。

我们这一生中唯一要做的就是自在地体验戏梦人生。一个清楚地知道自己是灵魂的人，永远不会在经历中忘却自己正在扮演那位经历者。

当你不再认同苦只是苦，突然间所有的烦恼都消失了，因为没有什么必要去担忧与苦恼。它们来来去去，只是表面的涟漪而已。在你内在深处，其实也无风雨，也无晴。

> 人生是一场戏，你只要以游戏的心情看待，所有的情境都是有趣的。
>
> 看看小孩子，他们原本一起游戏、嬉笑，又突然争吵、打架、哭哭啼啼，可没过多久，他们还想再玩，这就是游戏。
>
> 看看人生，每一个欢乐都尾随着悲伤，每一个拥有都紧接着失去，每一次爱恋都紧跟着悲愁，每一次绝望时又重现了希望，这不就是戏？
>
> 既然是戏，就要保持游戏的心情。当戏演完了，要下台，也不要眷恋着道具和布景，甚至舍不得脱下戏服。
>
> 一个能把人生看成一场戏的人，表示他已经看破红尘。看破红尘并非离开这个世界，而是改变了对世界的观点，是以灵魂来体验人世，游戏人间。

### 如果生命只剩一年，你会怎么活？

——人生的不堪，都是因为那点执念。

你曾听过有人被医生宣告死亡之后，却又奇迹似的复活的事吗？

我曾看过许多短暂死亡的可靠报告和案例，发现几乎所有死而复生的人都有相同的体验：他们有些人死后或离开肉体后，会以某种看起来像隧道般的交通工具，飞往遥远的国度；有些人则会看到一生所经历的所有事情，像过电影般在眼前闪过。不过，我真正得到"当事人"的现身说法，却是最近的事。

这位朋友其实是个医生，几个月前，他在一次手术时心脏突然停掉，在他起死回生的期间里，他也有了一个类似的"濒死体验"。

这件事对他产生了很大的影响。他突然开窍了，不再碌碌营营，不再凡事匆忙，也开始懂得关心身旁的人。他仿佛重生了一般。

他的经历，让我想起心理学家理查德·卡尔森。

很多年前，他也曾活得忙碌不堪。他回忆道："追求成就，成了我人生的一切。我不断地做记录，今天完成了多少事，赚了多少钱。我的三餐总是乱买，在车上随便解决。我与自己比赛，看看自己可不可能赢得比任何人更高的成就。"

然而，就在他结婚的那天，他最好的朋友在前往婚礼的途中发生车祸，当场死亡。

"从此，我的步调慢了下来。"卡尔森说，"我了解到自己过去咬着不改的东西，其实都没有那么重要。人都不知道自己能活多久，又何必执着于外物追求呢？"他的人生观，因此改头换面。

死亡是一则不凡的启示。就是因为有死亡，人们才开始审视自己的生命、生活方式，以及什么才是最重要的事。你整个价值观都会因此而改变。

如果你突然知道生命只剩一年，你会怎么样呢？你还会想买新车或换房子吗？你还对金钱感兴趣吗？你还会去挂念谁占了你便宜，谁对不起你吗？突然间，你对钱、对物质的欲望会立刻消失。如果你快离开人世，你绝不会把时间浪费在和人争吵，因为那对你来讲已经无关紧要；你也不会再去追求更多的东西，因为已经没有意义了。

如果你有觉悟，现在每个日出、日落、晚霞、星空将是最重要的事，因为每看一次，就少一次。现在我们必须很认真地看待它，否则以后再也没有机会。

如果你有觉悟，现在爱已经变成第一要务。在我们以为自己会活得好好的时候，我们对爱很吝啬，因为我们可以等明天或后天再爱，我们很计较，但现在已经没时间等了，这是最后一次去爱的机会。

如果你有觉悟，你就不会再如此匆忙。是的，你会放慢脚步，让一切都慢下来。如果你有觉悟，你会把自己想做的事变成第一优先的事。

电影《口白人生》中，男主角哈洛克里在得知自己将死后，把剩余的时间留给自己喜爱的吉他，开始追求爱情、享受生活，原本一成不变的生活，变得鲜活。

我也看过许多病人，在未生病之前，往往不知道自己要什么，即使得到了也不知珍惜。直到被诊断出癌症或重症末期，他们才开始正视生活。

美国音乐家格恩里提醒大家："如果你因为生了病，而想做点不同的事，你过的就是不该过的生活。"

想想，有哪些是放在心里想去做而未去做的事？有哪些事是如果你死了，会后悔没做的事？有吗？既然如此，为什么不现在就做，而非等到快死了才做？

事实上，死亡并不像我们想象中的那么遥远，死亡并不是到最后才会发生，它已经发生。翻开报纸或打开电视，你会发现到处都有死亡的消息，请问这些因意外而死的人，他们在早上出门前可曾想过自己就这么走了？他们可曾预料到，原本平凡无奇的日子，竟会发生这样的事？

罗宾·威廉姆斯在电影中说过的一段台词，让我至今仍印象深刻：

"我差点就没命了！我从脚踏车上摔下来，只差几英寸鼻子就会被卡车给轧扁。当我躺在地上的时候，这一生的点点滴滴在我眼前一闪而过。而你知道最让我感到害怕的是什么吗？我看到我的人生竟然是这么无趣！"

人生最糟的事不是死亡，而是错过人生。好好用心过活吧，别到了濒死时说太迟，空留遗憾。

> 想要好好活的最大秘诀就是"死前先死过"。
>
> 你可以在每年将结束之刻想一下，如果明年是自己的最后一年，你最想做的是什么，然后将此事列为优先完成的事项。如果要更细微，就是每个月、每周或每日去做的事项。
>
> 每天早晨醒来，问自己："如果我今晚死了，我会后悔今天什么事没做吗？"
>
> 有时，不知道该不该做某件事的时候，你一样可以这样问："假设我将要死去，我会怎么做？"事情的重要与否，在心中自会排出顺序。
>
> 当你学会如何面对死亡，你就学会了如何生活。

## 把生命缩小为眼前这一刻

——过好当下这一刻，如果下雨，就在雨中跳舞吧！

你的人生也许充满问题，但是找找看，你在当下这一刻有没有任何问题。不是明天或半小时以后，而是现在，你在这一刻有任何问题吗？

你或许内心正在挂虑未来可能发生的事，或担心过去发生的某件事会卷土重来。但你恐惧的这些，都是过去和未来的，在这一刻你有问题吗？

你害怕得不到某些东西，你也可能忧愁将会失去什么——也许你会失业，也许你妻子（先生）会抛弃你，也许你会得癌症，也许你会变得孤单，也许你不久会死——这些恐惧让你感到心里不安、害怕、紧张、有压力、忧愁、焦虑等。但请专心注意当下这一刻，你感觉得到恐惧吗？那是不可能的，除非你在想过去和未来。你无法去想现在，对不对？因为现在就在此时此地。如果专注当下，这一刻你不可能恐惧，也不会有任何问题。

有一天，圣弗朗西斯在花园工作时，有人问他："假使今天太阳下山时,你就会死去,你准备怎么办?"圣弗朗西斯气定神闲地回道:"我要先除完花园中的杂草。"

我觉得在这充满恐惧、没有安全感的世界上,这句话对大家是一个很好的启示。

近来许多人常说:现在地球暖化、冰河融化、环境污染、失业攀升,天也许要塌下来,为什么还要进大学念书?为什么还要生儿育女?为什么还要努力打拼?

可是,圣弗朗西斯却用一句很简单的话来回答了这些问题——继续清除你花园中的杂草。

不管你要被裁员,婚姻快走不下去,刚被诊断出重病,合约不再续约,或是有人正等着你倒下,甚至死亡迫在眉睫,我们都应该专心活在当下这一刻,就像下面这则禅宗公案教我们的。

一名旅者经过一个空旷的野地,遇上了一只老虎,他拔腿就跑,而老虎则在后面紧追。他来到一个断崖,抓住一根粗大的藤蔓荡出了悬崖,可老虎在上头守候着。那人颤抖地往下看,却发现悬崖底下还有一只老虎,正等着他掉下去好吃他。而现在唯一支撑着他的这根藤子,竟有两只老鼠一点一点地啃了起来。

一筹莫展之际,那人看到身旁草丛里长了颗鲜美多汁的草莓,于是他一手抓住藤蔓,一手伸过去摘。

"哇,真是甜!"他说。

我们可以把这公案简化为一个问题:"当你什么事都不能做的时候,你还能做什么?"没错,你依然可以享受当下这一刻,不管这一刻多短暂。如果事情已经确定是不可避免的,恐惧又有什么用呢?为什么要让生命变得更加悲惨?

我们必须竭尽所能地活在这个片刻，假装没有明天地认真过每一天。过去已经过去，你无法回到过去，未来一直都是不可预测的，以后的事谁也不知道，处在这两者之间的就是现在，只有当下这一刻才是真实存在的。

何必担心当下不存在的事？把生命缩小为眼前这一刻，继续清除花园中的杂草，或者是吃颗鲜美多汁的草莓吧！

> 你的人生处境存在于过去或未来，生命则在当下。
>
> 所以要暂且忘却你的人生处境，把焦点放在生命上面，把你关注的焦点放在你正在做的事、物及相处的人上，放在此时此刻。
>
> 捷克著名的文学家伊凡·克里玛说过："未来是无法掌握的未知数，当下却可能稍纵即逝。"
>
> 所以，不要挂虑彩虹何时会消逝，这一刻它是漂亮的，为什么要渴求它长长久久呢？
>
> 过好当下这一刻，如果下雨，就在雨中跳舞吧！